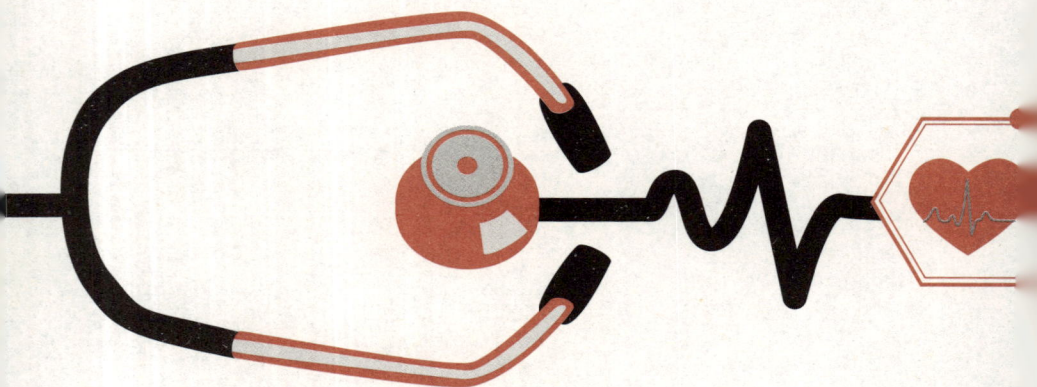

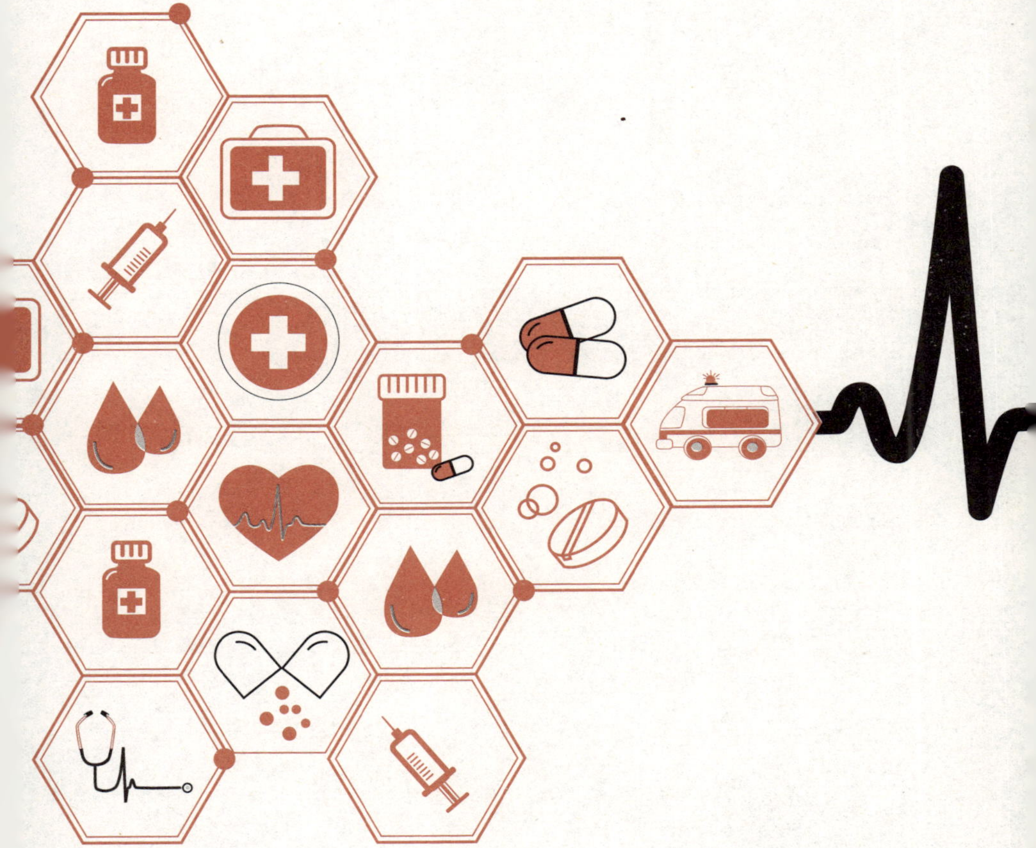

# 老魔王的急诊室

毕人龙 著

北京时代华文书局

图书在版编目（CIP）数据

老魔王的急诊室 / 毕人龙著 . — 北京：北京时代华文书局，2020.9
ISBN 978-7-5699-3908-8

Ⅰ . ①老… Ⅱ . ①毕… Ⅲ . ①纪实文学—中国—当代 Ⅳ . ① I25

中国版本图书馆 CIP 数据核字（2020）第 181023 号

北京市版权局著作权合同登记号 图字：01-2020-1128


本书通过四川一览文化传播广告有限公司代理，经凯信企业管理顾问有限公司
授权出版

# 老魔王的急诊室
LAO MOWANG DE JIZHENSHI

著 者 | 毕人龙

出 版 人 | 陈 涛
责任编辑 | 张 科
责任校对 | 陈冬梅
装帧设计 | 郭媛媛 赵芝英
责任印制 | 訾 敬

出版发行 | 北京时代华文书局 http://www.bjsdsj.com.cn
        北京市东城区安定门外大街 138 号皇城国际大厦 A 座 8 楼
        邮编：100011 电话：010-64267955 64267677
印 刷 | 三河市嘉科万达彩色印刷有限公司 0316-3156777
        （如发现印装质量问题，请与印刷厂联系调换）
开 本 | 880mm×1230mm 1/32 印 张 | 7 字 数 | 140 千字
版 次 | 2020 年 11 月第 1 版
印 次 | 2020 年 11 月第 1 次印刷
书 号 | ISBN 978-7-5699-3908-8
定 价 | 48.00 元

# 生老病死与活在当下

认识小毕医生有三十多年了，看着他从一位品学兼优的初中生，到考入台北市阳明大学[1]医学系，接受完整的医学学习及台北市荣民总住院医生的严格训练，再到宜兰县悬壶济世十余载；他也由一位"文武双全"的"小魔王"，蜕变成一位看尽生老病死的"老魔王"。

在急诊室二十多年晨昏颠倒的职业生涯中，他经历了至亲的离去，也挽救了无数生命，并成为台湾地区领导人办公室医疗小组的成员。不值班时，除了回馈母校及服务社会之外，他也充分利用业余时间"上山下乡"做义诊，足迹遍及海内外，并勤于笔耕，将所见所闻记录在他的博客上。他发表在博客上的文章有超过四十万人次的浏览量。欣逢"人"中之"龙"医生第一本大作问世，我很高兴也很荣幸为他写序。

我尝试用企业界的观点，来简单分析"老魔王"提出的一些故事与案例。书中提

[1] 阳明大学：一所位于台湾省台北市以医学为主的大学，创立于1975年。该校培养了众多颇具爱心的优秀医生，他们主动要求下乡服务，解决偏远地区的医疗问题。

到让"客户满意"，这使我想到医疗服务业与我们在高科技领域或各个产业强调的"客户满意"不谋而合，毕竟病人也算是医生们的"衣食父母"，虽然普通大众若非有事，是不愿意跑医院看病的。另外，提到防御性医疗[1]，其实，在法律规定或是企业经营上也有类似的自保措施。早期做生意有一诺千金或以握手代替定下合约，确定合作关系，但是当不理性的病人或病人家属越来越多时，彼此耗费社会的资源与时间也就越来越多。

小毕医生在急诊室积累的工作经验，包括接触各式各样的病人及家属、"粉丝"或是暴力分子，确实是我们普通上班族无法想象的，这也使看惯了人生百态的医生，在巨大的压力下有时说话的语气有点无情，我们应多加体谅。书中提到以严重性及紧急性来区分病人的病情，从第一至第五级，作为急救的级别，我想普通大众能谅解并支持，就像在企业里我们也要求主管或是基层同事以此两个准则来做日常工作或是长远规划。

在本书中，毕医生没有引用一堆艰涩呆板的医学术语，或是枯燥无味的文字叙述，反而是略带戏谑幽默的口吻，让读者会心一

[1] 防御性医疗：也称自卫性医疗、防卫性医疗，具体表现包括：根据实际病情做没有必要的各种化验、检查，回避收治高危病人，回避高危病人手术及难度较大的特殊处置，带有推脱责任性质的转诊及会诊等。

老魔王的急诊室

笑，进而能认知并体会，成功地传播医学和就医知识。我看完初稿后，刚好去家附近的诊所看病，我就尝试以简明扼要的方式向医生讲述我的病情，没想到还获得了那位医生的赞许，何乐而不为呢？

谨以此文表达本人的恭贺及敬意。

金庆柏

（华硕电脑服务器事业部总经理）

# 序二　爱护并尊重急诊人，促进和谐的医病关系

　　急诊是一个很专业又特殊的医疗领域，它有很多特性为人们所喜欢，也有一些特性是人们所不喜欢的。无论如何，当你自身特质符合急诊的特性，又无惧于它的缺点，你就适合进入急诊的医疗领域工作。而这种人并不太多，我们称这种人为值得尊敬的急诊人。你到了急诊室，充满了期待但又经常落空，这是人们对急诊的主观错误认知造成的，因此我们有必要提醒大家，对急诊多一份正确的认识，就能少一份误解，不仅能提升急诊的正面形象，还可以促进和谐的医患关系。

　　毕医生是一位充满热情且深具急诊特质的资深急诊科医生，在繁忙的急诊工作之余从事心得写作，以诙谐幽默的笔法写出心中所感，颇具教育意义。对于急诊科医生而言，除了发自内心的微笑，还要思考如何精进以勿做防御性医疗。对于大众而言，可以

了解急诊的意义，不要逼迫医生做浪费医疗资源的事情。

在"让'客户满意'"的小节里，作者讲述的故事都是事实，看得我既无奈又痛心，实在是浪费医疗资源。医生与病人双方都要认真检讨：医生要花更多时间做医疗病理解释，以劝说病人；大众则要信任医生的专业水平。以病人为中心固然是医护人员的宗旨，也是评鉴的中心思想，但不能蛮不讲理，违反医学原则，浪费医疗资源就是违反了医学伦理学四大基本原则之一的公平原则，医生与病人均要检讨改进。

"牛肉粉丝"这一篇写得很有意思，体现了大众对医学常识认知方面的不足。在竞争激烈的社会环境下，据统计，因为紧张、焦虑、不安等情绪来急诊看病的人当中，约三分之一是"牛肉粉丝"。

病人看到这一章节时定会很有感触，而且有不同的想法，这不奇怪，因为他们本就没有对疾病发病的察觉能力。我倒是衷心盼望家属要正视这个现象，要与医生合作，如果医生已经给出建议，那么请务必带家里患有长期慢性病的人到医院就诊，这才是上策。

"急诊暴力随想曲"这一章节，读者可以抱着看武侠小说的心态来阅读。作者以夸张的笔法，武侠小说的套路，来描述故事情节，只为博君一笑，却真实地刻画出"急诊暴力"的无所不在，它永远是急诊人的梦魇，是急诊的特性之一，本书旨在提醒大家对"急诊暴力"的正视。

急诊室是救命的地方，同时也是人们依赖的地方，希望大家在轻松阅读本书之余，能读懂本书所要表达的真正含义，进而爱护急诊人、尊重急诊人。

胡胜川

（急诊医学会创会理事长/花莲县　慈济医院急诊部顾问医生）

# "老魔王"笑谈人生：
# 启发人生价值的思考

才华横溢、诙谐有趣的小毕医生要出书了，直觉上引起我好奇的是小毕医生除了二胡拉得很专业外，每每相遇时，听到的都是他讲的冷笑话，但却是治疗抑郁病人的开心果，笑谈人生应该是他最佳的人生写照。

在荣民总医院训练的所有急诊科医生中，应该不会训练此类"艺术家"般的医生，唯有小毕医生，领略急诊室生老病死、人生百态后，可以如此挥洒自如、洒脱直白、毫不掩饰个性地刻画出妙语如珠的轶事、发人深省的剧情片故事，一来娱乐人生，二来启发人生的价值与思考模式！

本书内容讲到"就医三部曲"：

一、主诉[1]篇；

二、理学检查篇；

三、卫生教育篇。

---

[1] 主诉：医学和心理学用语。主要指病人看病时陈述自己的病情。

首先描述病人就医的期望值与实际情况差距太大的处理，是需要医生有温暖的同理心与沟通技巧的；其次是当不典型症状出现，医生给出不确定性的处理时，是需要更多的耐心沟通与处置；最后，特殊个案中，如"牛肉粉丝"、酒鬼、"急诊暴力"等，在运用急诊资源上，是对急诊科医生的挑战，也是考验智慧的一面镜子。这些有趣且生动、寓教于乐、谈天说地的故事，不仅让人深思，更值得一再品味。

最后，以一首藏头诗来表达本人对小毕医生的敬佩，做最适当的评语：

毕氏精通急诊学，

人聪寄情二胡旋，

龙飞凤舞娱人生，

才睥众生千万面，

华语俯探百人样，

横量纵判启示录，

溢满诙谐度一生。

颜鸿章

（台北市荣民总医院急诊部主任）

# 自序

　　台湾地区的大多数急诊室，是压力非常大的工作地带。因为没有当日挂号数量上的限制，所以病情紧急的、自认为病情紧急的、不知道该看哪一科的，甚至是赶时间的，都会跑来挂急诊号，而且我们不能拒绝病人挂号。

　　而基于"花钱就是大爷"的心态，有不少人只要稍微等个五到十分钟，就会勃然大怒，觉得医院在草菅人命或者不尊重他！殊不知，台湾地区的医疗制度中，急诊有检伤制度，所有病人必须先经过检伤分级之后，再依照严重性和紧急程度来看诊。如果被分类为第五级，那么等两小时才被看诊也是合理的；当然，有生命危险的，在检伤站时就会被判定为第一级，马上处理。

　　在急诊室工作久了，每天面对生老病死，看尽人生百态，难免会对现在的社会风气感到失望；加上常常紧张忙碌的工作状态，有时心情会越来越不好，甚至会影响到下班后的情绪。

　　有一天我突发奇想，如果这些在急诊室发

| 检伤级数 | 候诊时间 |
|---|---|
| 第一级：复苏急救 | 一级：立即处置 |
| 第二级：危急 | 二级：十分钟 |
| 第三级：紧急 | 三级：三十分钟 |
| 第四级：次紧急 | 四级：六十分钟 |
| 第五级：非紧急 | 五级：一百二十分钟 |

生的事件，改变其中一些对白，或者增加一些情境，会不会让原本剑拔弩张的紧张情节瞬间变成欢乐的喜剧片？让原本已经是悲伤的结局，成为值得深思的剧情片？

这样的念头，造就了我在博客"城堡里的老魔王"里，写下了几篇文章，例如："魔宫寓言——疯狂医院"等，没想到这些抒发心情的短文，意外获得出版社的青睐，成了这本书的主要内容。

然而，在这些变成诙谐作品的真实故事背后，其实存在着现有的一些社会现象和人性丑陋面，例如：写到"急诊暴力随想曲""笑'贫'不笑'娼'""老了，谁来照顾你？"等，我个人认为其中讽刺的意味是更明显的。而在"急诊室的早晚高峰期"里，虽然用不同的角度分写成两篇文章，但里面所描述的急诊室的紧张忙乱状况却是真实的。只是，大多数急诊室，不会整整24小时都这么忙就是了。尾声的"当医生变成伤员"，则是应出版社的要求，把我当年受伤开刀后的经历讲述出来，让大家知道，医生也是人，也会生病受伤。只是当医生生病或受伤时，心情是如何转变，遭受的待遇是否有所不同？

所谓内行看门道，外行看热闹。书里的文章，相信许多在急诊室工作过的同行，一定都感同身受；对急诊特征不熟悉的人，应该也可以领会到其中的部分含义。内容虽然都是我个人的心得体会，但其实也是对一些社会现象的警示，读者不妨将之视为几则人间黑色喜剧……

一切从这里开始……

第一章
## 急诊室长什么样

**01**

# 目录

**194**

## 尾声

# 第一章
# 急诊室长什么样

很多人听到"急诊室",立刻会说:"是个很忙的地方。"

但是急诊室到底有多忙?

另外,台湾地区发生的那场铁路史上最大的灾难……带你从不同的角度去看、去感受。

忙碌的急诊室里有个"急救室"，里面的医护人员到底都在忙些什么？您可能不见得知道……

有些人心肌梗死，会猝死；有些人却可以很幸运地在一发作时，就有医疗器械介入而得以康复，甚至毫无后遗症地回家。或许冥冥之中真有天意……

# 急诊室的早晚高峰期

台湾地区许多家医院的急诊室，常常是处于"状况"多到要爆炸的状态，其中的迅速、紧张、忙碌、崩溃，若是没有亲身经历过，是无法想象的！这也常让身在其中的急诊医护人员，恨不得能长出三头六臂，把许多事情赶快搞定。

但急诊室也不是永远都这么忙的，白天和晚上会有差别，平日和假日也会有差别。

## （Ⅰ）白日芒茫，人员忙茫

早上7:50，见习医生陈若瑀到急诊室报到，今天是她当见习医生的第四个月的第一天。先前她跑过心脏内科、妇产科和整形外科各一个月，这个月轮到急诊室。三天前，教研部的职员就通知她今天早上8点以前，自己到急诊室找"教学计划负责人"张医生报到。

陈若瑀刚走进急诊室，正想问问哪一位是张医生时，便听到救护车的警笛声。不久，警笛声停止，一辆救护车驶到急诊室大门口，只见两位护士跑上前去接病人。两分钟后，从担架上推下来一位满身是血的男子，一脸血污，纱布边还在渗血，乍看之下，分不清是老人还是年轻人。

陈若瑀皱着眉头，忍不住向后退了一小步。身为准医生，虽然她不应该怕见血，尤其上个月才在整形外科见习过，对于恐怖的伤口已经免疫了。但外科病房的病人，通常伤口都已经处理过了，很少还会喷血或血肉模糊的。而此时就这么活生生的一位血衣人出现在眼前，加上细微的呻吟声，还是让她不由得震惊了！

突然，有人拍了一下她的肩膀，她猛回头，看到一位中年男医生正微笑地看着她……

"你是陈若瑀医生吧？我是负责教学的张医生。"

"老师好！"陈若瑀马上鞠躬问好。

在现行医学制度里，医学院的学生在学校学完所有课程后，会先成为"见习医生"，然后是"实习医生"；毕业后，考取医师

见习医生

实习医生

医学训练（PGY）

主治医师

专科医生

住院医生

资格证，就可以接受所谓的"PGY"[1]；接着就能正式成为"住院医生"；几年后，只要考试再过关，便可成为"专科医生"。这个阶段，在某些医院要学习行政事务，因此会当上"总医生"；最后再升上去，就会是"主治医生""主任"等。每一个阶段都要考试或评核才能升级，所以对于陈若瑀这样初级阶段的"见习医生"而言，张医生可是一位"高等位阶"的资深老师，因此她赶紧鞠躬问好。

张医生瞥了一眼被两位护士推进急诊室的外伤病人，随即微笑地跟陈若瑀说："我先带你熟悉一下环境，等一会儿我要去卫生局开会，所以会请今天白班负责看内科的急诊医生带你。"

在介绍环境的过程中，只见几位护士忙进忙出。急诊周医生正在急救室处理病人，陈若瑀瞄了一眼，看到急救室里有四个病人……

"老师，你要进去帮忙吗？我可以等一下再听你介绍。"陈若瑀问张医生。

"别担心，里面的四个病人，有三个是内科的，已经处理过了，只有这个刚送来的受伤的病人，对急诊科医生而言这是小事情。而且等一会儿他们就要交接班，由另一位医生接手。"

[1] PGY：Post Graduate Year的缩写，即毕业后的医学训练。

几分钟后，白班的刘医生来接班，夜班周医生交给他十三位普通病床的病人，加上急救室的四位病人；而张医生也在此时结束介绍环境，将陈若瑀介绍给刘医生。

刘医生严肃地对陈若瑀说："通常白班前几个小时会很忙，你要跟紧我，看我怎么看病人以及怎么跟家属解释病情。我会尽量抽空讲解。"

"是！老师。"陈若瑀恭敬地回答。

对见习医生而言，学校学到的医学知识是一回事，能否真正应用到病人身上，完全是另一回事！例如：在学校学什么是"肺炎"，会告诉你病人有什么症状，流行病学上要注意什么事情，生理学和病理学又会有什么变化，抽血或X光片的结果可能有什么表现，最后该怎么治疗以及病人治愈后该注意如何休养，等等。但实际上，病人一来，不会告诉你他得了肺炎，你也没办法按部就班地照书上的顺序来进行。

对老年人而言，他主要表达的内容可能是"全身无力，有点儿喘"，这时候，就要根据学过的医学知识去问出相关症状，加上身体检查，最后排除可能的心脏衰竭、急性肾衰竭、贫血、中风、换气过度综合征，甚至中毒等疾病，才找出答案是肺炎！

见习医生就是要在跟着主治医生看诊的过程中，学习如何问诊，如何给病人做身体检查，最后如何归纳病情病因，并学着去解释病情。但是在跟诊的过程中，主治医生的教学热忱和态度，往往会影响学生的学习积极性；相对地，如果学生表现得主动积极，老师也会更热衷回应。

"我刚接班，我们先检查夜班留下来的病人。"刘医生打开电脑显示器，跟陈若瑀解释目前急诊的病人：

有三位是心脏科等住院的；

有两位是早上起床后头晕，还在等报告；

有两位是发烧，正在查原因；

四位是腹痛，目前倾向于急性肠胃炎……

另外，还有两位是失眠的常客，都是打完针后，从昨晚睡到现在。

至于急救室里面的三位内科病人，有两个是意识不清，其中一位是低血糖病人，补充葡萄糖后已经醒过来；另一位正在做头部CT[1]检查；第三位则是喝酒倒在路边的，昨晚大吵大闹，被打了镇静剂，现在还在观察中……

最后一位是外科伤员，不是刘医生负责。

正当刘医生交代一般疾病处理流程时，门口陆续有三位病人来挂号。于是刘医生停止旧病人的检查，先接新病人。看诊时，陈若瑀就站在他旁边观摩学习。

[1] CT：Computed Tomography的缩写，即计算机断层扫描。

看完三位新病人，刘医生先带陈若珝到急救室，再次诊查那位低血糖病人。一进急救室，发现这位老爷爷已经完全清醒了，一些血项指标也没有太大的问题，便跟家属解释情况，并建议住院观察三天，同时，也告知要调整老爷爷降血糖的用药。

"什么调整降血糖的药？"老爷爷突然叫道，"我又没吃降血糖的药！"

"对啊，我爸爸没有糖尿病呀！"一旁的女儿跟着说。

众人听得一脸愕然！

"可是他刚来的时候，血糖只有26！"刘医生一边说着，"你们家有谁在吃降血糖的药吗？或许他误吃了别人的药！"一边已经在想着是否可能有内分泌或肿瘤的问题，所以造成病人的低血糖。

老爷爷有点儿不高兴，说道："没有啊！我只吃你们医院开的药……"

说完，他看了旁边的保姆一眼，突然像想起了什么似的，指着保姆吞吞吐吐地说："嗯……今天……今天多吃了一颗她拿给我的药。"

大家转头看向保姆，只见她的脸突然红了，然后哭了起来……

正当刘医生要接着追问下去的时候，隔壁床的那位酒鬼醒了，转头就叫："喂！我要回去了。"

刘医生转身看着他，说道："醒了啊？你昨晚酒精浓度252，相当高！我们要再观察一会儿，你暂时先不要回家。"说罢，刘医生决定先暂时让老爷爷和家属在一旁，走到隔壁床，处理这个酒鬼。

酒鬼摇着头说："不行！你们这里好吵，我要回家睡觉。"

这时，护士小芳报告说："刘医生，刚刚给他测了血压，192/110mmHg（毫米汞柱），比较高！"

刘医生一听，马上帮那酒鬼做了几项神经学的检查，并摸了一下他的头，发现有个2cm×2cm的小血肿块在头皮左侧，便说："昨晚你的头撞破了，我们排个CT做进一步检查好吗？"

"不用啦！我经常这样，常常撞来撞去的，也没怎么样啊！我要回家了！"酒鬼开始拉扯手上的输液针。

刘医生劝了几句，无效，只好建议请家属来接他。

没想到小芳却说："早上打过电话了，家属说等他醒了，叫他自己坐出租车回家。"

"好吧！如果他走路稳，就给他签AAD[1]。"

酒鬼下床走路，虽然还有点儿摇摇晃晃，但不会跌倒；刘医生再次规劝仍无效之后，跟他说了一些头部外伤的注意事项，便请他签《自动出院同意书》[2]，让他离开了。

陈若瑀见状，便问："老师，这样没问题吗？我看他走路还在晃，好像随时会跌倒。"

"当然有问题！可是病人是清醒的，又坚决离开，不肯做进一步的检查，我们没有权利阻止他，所以只好把注意事项说清楚，请他签字，以示责任厘清。"

此时，一旁上大夜班却还在补护理记录

[1] AAD: Against Advise Discharge的缩写，即《自动出院同意书》。
[2] 《自动出院同意书》：通常是医生建议要留院观察或住院继续治疗的病人，因其他因素（家里很忙，没有人照顾，或者是外地来的游客要回自己家乡，等等）不能依照医生的建议留下来，便需要签署《自动出院同意书》。基本上是为了厘清责任，以防万一病情变化时，引起医疗纠纷的一种保护方法。

而不能下班的护士惠玉，一脸厌恶地说："那个酒鬼，昨天一直鬼哭狼嚎的，他这个月已经是第三次来这儿了！周医生还给他补了一支维生素B群，后来是请消防队员帮忙抓住才打好针的。你看，我差点被他抓伤，他最好不要再来啦！"

"是呀，他最好是不要再来！但是万一等一下他又被送来，就一定不是好事！"说话的同时，刘医生看陈若瑀一脸疑惑，继续说道，"他头部的外伤……没有查清楚就放他回去，我还是担心会有问题；但是他不配合，我们也没办法，我们不能强制病人接受检查和治疗，只好先这样了！"

刘医生回到低血糖老爷爷身边，问问家属，刚刚有没有问出什么新的信息。

这时，老爷爷的一个儿子把刘医生拉到一边，小声说："刚刚我们家保姆说，我爸昨天叫她去药房买壮阳药，她很害怕，就私下跟她朋友要了一颗降血糖的药给我爸吃啦！"

听完这些话，刘医生很冷静，但陈若瑀差点扑哧笑出声来，赶忙咳嗽几声遮掩过去。刘医生斜瞄了她一眼。

"我们还是住院观察三天，等药效过后再说吧！"刘医生一方面跟家属沟通，一方面私下悄悄地请护士小芳去找社工介入处理，担心可能还牵扯到蓄意谋杀的问题。

接着，刘医生继续带着陈若瑀看第三位刚从CT室回来的病人。他把CT片子一打开，便看到病人的大脑左侧出血，且有轻微压迫到右边。

"玉芬，帮我呼叫神经外科医生，急救室第1床的大妈左边颅内出血（ICH）了，而且有颅中心线压迫的情况。"刘医生对着护士说。

玉芬立刻联系神经外科医生。刘医生召集该病人的家属进急救室，解释目前不乐观的状况，并说明最好是先插呼吸内管以保护呼吸道，因为昏迷指数只有7分。只见家属们一脸焦急与忧伤，却迟迟无法决定要不要先接受插管。

不到五分钟，神经外科医生就来到了急诊室。在看了CT片子后，建议立即开刀……

刘医生将病人交给神经外科医生后，便带着陈若瑀走出急救室。接了两个腹痛的新病人后，带着刚出来的抽血报告，逐一去各病床跟昨晚留下来的病人解释病情，并诊查他们的症状是否有改善。当走到一位失眠病人床前时，刘医生发现她双眼半开，皱着眉头……

"吴晓梅，睡饱了吧？"刘医生关心地问。

刚刚夜班周医生跟他交班时，没好气地说："第6床是吴晓梅，你知道的，昨晚来又说肚子不舒服，睡不着，小夜班的给打了一支止痛针；11点时，我又给她打了一支镇静剂，睡到现在还没醒来！"

刘医生知道这病人几乎每隔两天就会来急诊室，每次都说睡不着，来这里打针睡觉；但这两个月来，会加上"肚子痛、睡不着"的症状，急诊科医生们怀疑她可能是开始喝酒了。但她之前几次就医时，都有抽血、拍X光、超声波，甚至有一次还做了腹部CT；除了其中两次真的有验出酒精浓度80多度之外，其他大致上都没有严重的问题；请社工来关心疏导了两次，也无效！所以，后来就不啰唆了，既然劝不动，又不能禁止她挂号，便直接打一支止痛针、一支镇静剂，让她睡到第二天早上才回家。

"我肚子还是不舒服。"吴晓梅虚弱地低声回答。

刘医生看她的表情似乎不假，虽然以前她每天晚上来急诊室说"肚子痛"时的表情也都很到位，但从来没有躺到第二天还能保持这副难过的表情。于是上前问："哪里痛？"同时，伸出右手去触诊。

这才一摸，吴晓梅便疼得"哎哟"一声！刘医生发现她的肚子有点硬，便再摸摸其他部位做确认。没想到，随着手到之处，吴晓梅都疼得哀号，甚至上腹部还有一点儿反弹疼。

刘医生皱着眉说："嗯，你这可能有腹膜炎。我要拍个CT看一下。"

吴晓梅"啊"了一声，说："又要做CT呀？上个月做过说没事呀！"

"病情可能有变化了！"刘医生交代玉芬立刻排个腹部CT检查，并带着陈若瑀当场练习一遍标准的病人腹部理学检查步骤。

刚教学完，救护车的警笛器再次响起，一辆救护车载了一位75岁的昏迷老伯进来，刘医生赶紧过去，陈若瑀紧跟在后。

"我……我不认识他，他是来我家借厕所的，谁知道，就……就突然昏倒了！"说话的人，是打120急救，画着浓妆的中年大婶，只见她一脸害怕惊慌，说话支支吾吾的，显然是吓到了！

刘医生上前诊视病人，昏迷指数12分，瞳孔等大，光反射却不太明显；血压130/72mmHg，心跳58次/分……刘医生一连串指令下来，护士们忙着接上监视器、氧气鼻管，打上点滴，抽血；血氧浓度93%，血糖值138。心电图结果刚出来，刘医生瞄了一眼："啊！急性心肌梗死（AMI）！"他立刻又下了一些急救用药的指令，并加做一张右侧及背侧的心电图，并让护士玉芬联系心脏科医生，准备做心导管。

此时，之前那位脑出血的大妈正被推去手术室；先前非急救区两位头晕的病人觉得好多了，想回家……刘医生迅速走过去再诊视一遍，确定真的没问题，才开了一些药让两位病人回家。

就在刘医生忙完普通区的病人，要走进急救室看那位老伯时，一位发烧病人的妈妈走过来问："医生，我儿子还有点儿鼻塞，可不可以多开一些药给他啊？"

"好，我帮他加药。"

"然后，我还要两份诊断……"这位妈妈的话还没说完，刘医生刚好转身看到昏迷老伯的心电图监视器上的波形改变了，大声叫着："VF[1]，先电！"他一边叫着一边冲进去，拿起电击器，小芳则跟着跑过去，迅速把电量转到最大焦耳数。

很幸运，电击一次过后，老伯的心跳恢复正常。刘医生又下了一些用药指示，同时问道："怎么心脏科医生还没到？"

"值班的赵医生在看门诊。我已经叫第二线的李医生来看了。"玉芬刚说完，心脏科李医生就出现了。

李医生问了病情，又看了看心电图之后问："家属到了吗？"

"我……我跟他没关系呀！"那位浓妆的中年大婶连忙摇头又摆手地说。

这时，进来两位警察，原来是刚刚里长看到救护车在他的管辖区出现，基于责任和警觉性，所以报警处理了。

刘医生一边让挂号室的同事赶紧确认老伯的身份，联系家属，一边问那位中年大婶事情的发生经过，想知道老伯刚刚有没有说哪里不舒服。只见她依旧支支吾吾，缠夹不清地说："他……他就说要借厕所啊，我怎么知道……他又突然说很喘，我根本不知道他到底是怎样……然后，他

[1] VF：Ventricular Fibrillation的缩写，即心室震颤，一种致死性心律不齐。

就两眼珠往上翻……啊！"大婶断断续续地
说着，甚至快要哭出来了。

就在这时，家属出现了！来了两位儿子
和一位儿媳妇，经李医生解释完病情，家属
立刻签了同意书，将老伯送至心导管室。

中年浓妆大婶走到刘医生身边，悄悄地问："医生，这样子我会有罪吗？"泪花已经在她的眼眶中打转，"他应该不是我害的啊！"

刘医生从刚刚警察询问的内容大概猜出来了，这位大婶是红灯区的老鸨，老伯可能一早就去她那儿"聊聊天"，结果太兴奋了，就中了近百年来社会上最邪恶的"马上风"[1]！

刘医生叹了一口气说："他是心肌梗死，现在先急救治疗，其他的事情，警察那边会处理。"

急救室里面两位护士才刚送脑出血的大妈到手术室，现在又忙着准备将这位心肌梗死的老伯送到心导管室。

非急救区的护士淑琴走过来说："刘医生，吴晓梅做完CT回来了，她说肚子还是很疼，要打止痛针；还问可不可以再打一针让

[1] 马上风：指由于性行为引起的突然死亡。

她睡觉。"

"跟她说等一下，我先看CT片子。"

刘医生带着陈若瑀到电脑旁，打开图像文件一看，心中立刻有了答案。他对陈若瑀说："你先自己看一下CT片子，等一下跟我讲你看到了什么。"然后走过去对护士淑琴说："联系她的家属，准备开刀。"说完又到第6床跟吴晓梅解释她的诊断情况。

吴晓梅惊讶地叫起来："啊！难怪我这么疼！以前都没这样不舒服过。可是……开刀会不会死？"

"开刀的风险，等一下外科医生会来跟你解释，记住，暂时不能吃不能喝，我们等你家属来了，再一起解释和讨论。"刘医生顿了一下，继续说，"还有，以后不能再喝酒了！这跟你最近天天喝酒的关系也很大。"

吴晓梅脸一红，不好意思地说："但我现在肚子好疼，可以先打止疼的吗？"

"嗯！"刘医生点点头。

"睡觉针也打一支好吗？"

"不准！"

又诊视了隔壁两床刚刚腹痛的病人，确认只是单纯的肠胃炎，解释一番后，刘医生走回护士站。

他对着电脑画面上的影像要陈若瑀回答。

"老师，我好像看到有一些水……还有，胆囊的形状也怪怪的……然后……嗯……胃好像比较胀……嗯，就这些。"陈若瑀说完，一脸羞赧地低下头，她知道自己应该没有答出重点。

刘医生指着画面上一些黑影问："这是什么？"

陈若瑀靠近看了一下回答："嗯……应该是一些胀气？"

"你觉得这些空气在肠子里面吗？"刘医生再问。

"啊！这是自由漏出的空气？"陈若瑀恍然大悟，然后一脸欣然地说，"所以是胃穿孔（PPU）？"

刘医生点点头说："这是自由漏出的空气没错！你看，"他指着电脑画面，"这就是所谓的双重管腔征兆（Double Lumen

Sign）[1]，看到这个，我们会称作中空器官穿孔（hollow organ perforation）。至于是哪里破掉了，有时候在CT片子上可以看出蛛丝马迹；有时候器官的肌肉和黏膜又把穿孔处遮盖住，就漏掉了，就得深入进去找才知道。"他转头看了陈若瑀一眼，又说，"刚才要你摸她的肚子，现在知道那种感觉了吧？"

陈若瑀突然一阵欣喜，之前书上学过的东西，就这么活生生印证在自己的手上和眼中，感觉自己好像突然之间长大了不少。

正在她自我陶醉时，突然听到一位护士尖声惊叫："癫痫发作（seizure attack）！"陈若瑀跟着刘医生冲出去，只见检伤站的护士小婷推着一张床进来，床上一位男子两眼珠往上翻，双手抽动，口吐白沫，看起来竟然有点儿面熟！？

小婷刚把病人推进急救室，小芳立即接手。"咦？这不是刚刚那个酒鬼吗？"小婷和小芳赶忙上前，一个给予口咽抽吸，并接上氧气面罩；另一个找血管，打上点滴。刘医生迅速给病人做了身体检查，下了一些药物指令，然后让玉芬去安排拍脑部CT。

第一章 急诊室长什么样

陈若瑀等病人治疗一个段落稳定下来后，才问："老师，这会是脑出血吗？"

"有可能是SAH（蛛蜘膜下出血）或SDH（硬膜下出血），因为他昨晚喝完酒应该有撞到头。另外，也不能排除是酒精性脑病变的后遗症，或者是酒精戒断综合征（alcohol withdrawl syndrome）。"刘医生说着说着，忽然转头看了她一眼，问，"这几个专有名词有学过吧？"

"应该有……"陈若瑀脸色微红，小声地回答，语气中透着不确定。

"回去要读书，把白天看过的病例再熟悉一遍，记忆才会更深刻。"刘医生提醒着。

不久之后，普通外科医生来会诊，决定等一下就帮吴晓梅开刀；那位酒鬼也在做完脑部CT后醒过来了。他居然问："我怎么又回到医院啦？我明明要回家的啊……"从CT结果上看没有出血，也没有肿块迹象，后来由神经内科医生会诊，初步诊断是酒精戒断综合征，收住院了。

在这段时间里，又陆续有三个人来挂号：一位是得了荨麻疹，全身痒到快抓狂的年轻女性；一位是发烧的年轻男性，怀疑是A型流感；第三位是胸闷的老婆婆，先安排做心电图。

刘医生带着陈若瑀又去诊视这三位新来的病人，根据病人的症状、检查、用药和诊断，刘医生教她如何去诊治病人。其中，那位得了荨麻疹的女士，打完针后就呼呼大睡；胸闷的老婆婆，心电图看起来还好，所以给予抽血和拍X光检查，检查是否有其他问题；至于更早前的腹痛和发烧病人，则在分别诊治之后，都心满意足地回家了。

但其中有一位腹痛的病人，抽血检查和X光都是正常，仍说肚子还在疼。刘医生帮他做了超声波检查，结果肝、胆、肾脏和主动脉看起来也都还好，可是病人的上腹仍持续感到疼，刘医生便让玉芬帮他排个胃镜检查。

至于发烧的年轻男子，确定是A型流感。在刘医生跟他解释一些注意事项的时候，男子问："医生，我家还有两个小朋友，为了不传染给他们，我可不可以住院啊？"

"流感只要戴口罩，勤洗手，其实是很好防范的。基本上，除非是流感重症，否则吃药休息就可以了。"看了病人恳求的表情一眼，刘医生继续说道，"不然，等一会儿我看看抽血报告以及X光片，如果真有需要，再来办住院吧！"

"那……我有保险，可不可以至少让我躺6小时啊？"男子又问。

刘医生瞄了他一眼，淡淡地说："我们看症状处理再说吧！"

♥

带陈若瑀回到护士站，时间差不多9点。刘医生说："有些医生会很好心地让病人躺6小时以领取保险金，但我们还是要看急诊的负荷量。如果真的病人多，忙不过来时，该回家的还是要先让其回家，才有空间容纳后续的病人。"接着又大概说了一些急诊常见的怪异现象。在处理了几份病历之后，刘医生突然问："听说你的履历表上写……以后想选急诊，是吗？"

陈若瑀想了一下，回答说："本来是，可是，才短短一个小时，要看这么多病人，又要找出答案，还要解释注意事项……如果在急诊上班天天都是这样，我觉得好恐怖，压力好大！"她吞了一下口水，嗫嚅着又说，"我……我可能要再考虑考虑。"

听了陈若瑀的回答，刘医生心想：现在的学生不一样了！我们年轻时，每次到某一科学习，为了避免主治医生不把自己当作自己人来教，都会假装说："我以后想选这一科！"不像现在的年轻人，比较勇于说出自己心中的想法。但是，当年的假装拍马屁，其实反而换来"非常扎实的教学"，所以即使在下班后，筋疲力尽、全身酸痛，但回到宿舍，仍会拼命读书，甚至到图书馆借书找数据，以求隔日更好的表现。

刘医生微微一笑，说道："你不觉得这样其实很有挑战性？"

"对啊！如果可以找出正确的答案，又立刻解决的话，的确是很有成就感。可是，万一失手……我觉得风险太大了，当医生不应该让自己天天陷入医疗纠纷的风险里。"陈若瑀清楚地表达想法。

刘医生点点头，他知道时代不同了，观念已经有所改变。他这一代人，就常常被以前的老师们嫌弃说"吃的苦还不够"；如今面对"新一代"学生，许多行医的观念又有了大转变。他缓缓地说："刚刚我们这一小时，看了几个有趣的病例，现在给你一小时到旁边看书查数据，先把刚刚的几个病例消化一下，十点钟再过来找我报到吧！"

陈若瑀如释重负，谢过刘医生后回到办公室，打开平板电脑，一边上网查数据，一边心想：我以后绝对不选急诊科！接着，点出平板电脑上的记事本，继"心脏内科"和"整形外科"之后，在"急诊科"这三个字上面也画了一个"×"……

## （Ⅱ）月黑风高，神鬼过招

话说最近有些人没按照阎王生死簿上的寿辰去阎王殿报到，惹得阎王既生气又诧异，不禁怒道："你们这些小鬼是怎么办事的？为什么这两年来断断续续有十几个人该报到却没报到？"

一旁的师爷惶恐地说："报告大王，阳间最近发明了好多武器，我们小鬼的法术有时候破解不了，所以无法把人带下来；这个月派去的张三、李四、王二麻子，都是受伤回来的！"

阎王一听大为震怒，吼道："还会搞到受伤！？怎么可能？"转头对着传令官说，"传张三来。"

不一会儿，就见张三满脸瘀青破皮，而且披头散发，头发多处被烧焦了……他一脸痛苦地拐着走进来。

"张三，你怎么弄得这副模样？"阎王皱着眉。

张三跪下来哭道："启禀大王，卑职昨天奉命去抓阳寿应尽的45岁男子王大同，卑职略施一术，让他在跑马拉松的时候刚好心肌梗死发作……"

阎王赞许地说："那很好啊！他在跑步，心肌梗死发作，然后并发心律不齐而死，没有人会怀疑有问题！"

"卑职见他倒地后，正准备上前拘拿他的魂魄，谁知，突然听到有人喊一声：'建议电击。'刹那间，卑职全身感到一阵剧痛，被360焦耳的直流电从头上击入，疼得只好把手一放，于是王大同的魂魄又回到他身上，他居然当场就醒过来了！"张三说着说着，忍不住又大哭了起来，倒不是因为任务没完成，而是因为他的发型上个月才烫的，美美的，没想到现在整个烧焦变形，还冒着烟。

阎王一听，惊骇得不得了，问道："那是什么武器，这么厉害？"

"报告大王，那是阳间现在流行的电击器；除非咱们请闪电娘娘来帮忙，否则，无法抗衡呀！"师爷禀告。

"总不能每次要抓个人，都去跟闪电娘娘借法器吧？"阎王看到张三的惨状，挥手说，"好啦好啦，你赶快下去疗伤，放你一个月的工伤假。"

张三退下，阎王传唤李四进殿。

只见李四全身一块一块的圆形瘀青，也是一拐一拐地走进来；两眼黑似大熊猫，双唇肿如烤香肠，一副被人狠狠揍过的样子。

"李四，是……是谁把你打成这样的？"阎王见状，惊讶地问。

李四右手托着下巴，跪了下来，用像是嘴里含着卤蛋似的含糊声音哭诉："启禀大王，卑职三天前奉命去抓阳寿应尽的88岁女子柳招弟。卑职见她阳寿将尽，因此略施小术，让她泌尿道感染并患有败血症……"

阎王连忙说："老年女性，泌尿道感染并败血症，这样的死因非常合理呀！"

"是呀，大王。卑职见她气息已尽，便扑上她身，准备抓其魂魄，谁知，突然听到有人喊：'PEA[1]了！来，CPR[2]，on Thumper[3]！'卑职不察，突然被人一阵拳打脚踢，根本什么都来不及看到，也不知道发生了什么事，就被打成这样了。只好放开双手，任柳招弟的魂魄被那些医护人员带回去了。"李四回忆起来仍心有余悸。

听完小鬼的报告，阎王大惊："到底阳间又有什么武器可以如此欺负我的小鬼？"

"禀告大王，这是阳间近几十年来流行的'高级心脏救命术'，据说救命的方式每隔五年会精进一层，目前已经进展到'立即且高级的心脏救命术'了；而且现在还有机器帮忙击打亡者的胸部，有时候被他们打过之后，亡者就返阳了！但如果我们动作快一步，还是有机会抢先把人带下来的。"师爷

[1] PEA: Pulseless Electric Activity的缩写，直译为"无脉搏的电活性"，即有心电活性，但是心脏是停止跳动的。
[2] CPR: cardiac pulmonary resuscitation的缩写，即心肺复苏术。
[3] Thumper: 即机械式心脏按摩器，用来替代人力的胸外按压机器。On Thumper，即表示使用机械式心脏按摩器。

解释。

阎王听了非常生气！"岂有此理！我要拿的人，居然被凡人挡下！？"

"大王，阳间的科技不断进步，据说是有仙界在暗中相助。"师爷补充说。

阎王翻开生死簿，看了一眼后说道："不行，今天簿子上显示出两个名字，我们不能再任由凡人来阻挡我们。"

这时，跪在地上的李四小心翼翼地问："大王，那……我也可以放一个月的工伤假吗？"

阎王瞪了他一眼，大手一挥地说："好啦好啦，下去吧！对了，叫王二麻子不必进殿回报了，今夜子时，本王要亲自去拿人！"

师爷听阎王这么一说，赶忙劝阻道："大王，您在子时去，恐怕不容易如愿呐。"

阎王狞笑道："本王要三更收魂，谁敢留人到五更？"

师爷解释道："不是呀，现在阳间已经不流行子时什么的了，他们是用西洋人的午夜十二点来计算的。"

"嗯……"阎王沉声道，"既然如此，好，本王今晚十一点就去急诊室要人！"

语毕，阎王站起来转了一圈，变成一位休闲服打扮的中年男子。随即右手一挥，化作一阵轻烟消失了。

　　乡下小镇里，欢乐大医院的小小急救室里面，目前有四床病人：

　　一位是32岁男子，不小心从三楼跌下来，造成肝脏撕裂和右小腿骨折，准备去开刀；

　　一位是71岁男子，长期抽烟，肺气肿发作并伴有呼吸衰竭，医生正在插管急救中；

　　还有两位刚推进来的病人，一位是48岁男子，一小时前被三只虎头蜂蜇了，全身红肿，正在喘；

　　另外一位是55岁女性，胸痛，血压飙到220/126mmHg，正在大声哭叫，说胸痛如同刀割。

　　阎王瞄了一眼，看到他今晚的两个目标人选，一个正在被插管，另一个刚刚被推进去。

　　他才一靠过去，立刻有位护士对他说："先生，你在外面等一下，我们先急救病人。"

　　变身为中年男子的阎王开口说道："我想请问那位被虎头蜂

蜇到的人，有没有生命危险？"

护士回答："他可能有过敏性休克，我们先处理，等一下医生会跟你解释。"

阎王退后几步，两位急诊科医生在里面急救，一位是内科的张医生，不到30岁就升任主治医生；另一位是外科的刘医生，已经是十几年的资深主治医生了。两人一连串的口头指令发出来，几位护士忙着打上点滴，加药，接上监视器，量测血压、呼吸、心跳和血氧浓度，最后一位则正在打电话和手术室交班。

医护人员每处理完一位病人，就立刻坐到电脑前输入病历。不一会儿，一位护士和一位输送人员推着那位从高处坠落而内出血的病人出来，一边喊"对不起，让一下……"一边迅速地把病人推出去，搭专用电梯往手术室去。

　　阎王看那位肺气肿的老伯被插上气管导管，接上呼吸机后，血氧浓度竟然回到99％，他心里一惊，暗怒：难道这也是他们的新武器！？于是，他右手中指一弹，现场所有人突然大叫："啊！地震了！"

　　阎王制造了一个四级地震，刹那间，急诊室里的电源中断，大灯全熄……

　　阎王得意暗忖：我看你们这武器没有了电，还能有什么招！？

　　岂知，在众人惊声尖叫后，所有机器居然继续运作……

　　两秒钟的地震结束了，大灯全部恢复光明，阎王张大了嘴愣在原地！原来，医院都有紧急断电安全系统，一旦断电，备用电源会自动跳出来接着工作，所以机器完全没有受影响！而且地震一结束，主电源也立即恢复，一切都像没事般地继续进行；反倒是现场所有人被地震吓一大跳，有个家属还吓得哭了出来。

　　此时那位胸痛一直哭叫的女病人，刚打完止痛针、抽血、点滴，准备去做CT；蜂蜇过敏性休克的病人，在打完几支针

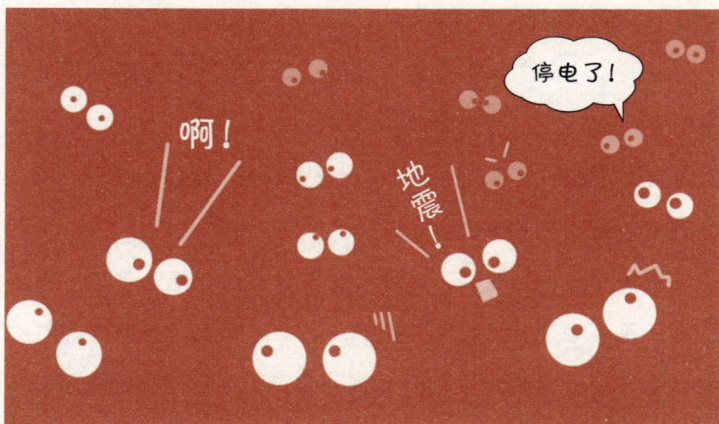

后，喘的症状已经改善，只剩全身红肿还没完全消退……

张医生走出急救室，看到阎王，便问："请问你是陈大强先生的……"

"哦，我不认识他。"阎王回答。

"咦？刚刚我们护士说你在问他的病情呀！"

"哦，因为我以前也被虎头蜂叮过，所以忍不住问了一下……"这时阎王心想：我只是声东击西，怕你们有什么奇怪的武器突然跳出来对付我。阎王顿了一下继续说："对不起，其实……我是想问许阿妹的病情。"

"嗯。我们怀疑她是主动脉剥离，这很危险，等一下要做CT检查确认。如果确定是的话，可能要马上开刀哦！但这病本身很严重，请你联系其他家属一起来。"张医生解释着。

"是，谢谢大夫，让您多费心了。"阎王表面点头道谢，心中却想：你不用忙了，等一会儿我就要把她带走。

此时无线电广播器传来："转送打架受伤患者三名，请贵院准备。"

忙进忙出的医护人员不禁发出一阵哀号。小婷忍不住抱怨："吼！是嫌我们不够忙是吗？"

阎王知道这种时间，就是有一些年轻人会喝酒闹事。他冷冷地一笑，心想：我又有机会了！一个一个来，先做掉肺气肿的上官天佑，再带走主动脉剥离的许阿妹。今天生死簿上显示的，就是这两个人的名字和死因。

急诊张医生如果知道阎王的身份，CT根本不用做，直接问阎王就知道诊断结果了！只见阎王轻吹一口气，突然，急救室里的呼吸机警报声响了起来……

听到警报声，阎王愣了一下！心想：我只不过施个法术，他们的武器马上就侦测到了？这么先进！？

坐在电脑前正在打病历的张医生转头看去，看到呼吸机的屏幕显示"进气压过高"，氧气打不进去。于是，他赶紧走过去，架起听诊器去听上官天佑的呼吸声，再进行触诊，然后回头说："可能气胸了，把放射科的移动式X光机拿过来拍X光。"

张医生看了一下呼吸机，进气体积和进气压的设定值是正确的，并没有过大；护士雅慧上前先帮病人抽吸痰液，并给予呼吸型支气管扩张剂，小婷则打电话联系放射科医生。

不久，随着救护车的警笛声，医护人员推进来四床伤员，每个人都鼻青脸肿，满身是血，一副狼狈样。

急诊科的刘医生花了几分钟，很快地诊视四个伤员后说："这一个留在急救室，上点滴，接监视器，等一下拍X光；另外两个推到小手术室，先缝伤口止血……"因为急救室空间没那么大，所以不紧急的伤员，便先推到小手术室等候处理。

许阿妹做完CT检查，推她回急救室的护士若瑄一边推床进来，一边喊着："张医生，放射科李医生刚刚有帮我们看片子，他说是Type A Aortic Dissection[1]，没错。"

此时张医生正站在上官天佑的右侧，准备插一根胸管，因为刚刚X光片显示确实是右边气胸。对肺气肿的病人而言，这种情形偶尔会发生，因为长期抽烟，肺泡形成许多无效腔，加上纤维化硬掉了之后，稍微一过度吹气或用力咳嗽，就可能产生气胸。

张医生一边给上官天佑的右胸壁消毒，一边说："玉芬，帮我联系心脏外科，准备开刀。"接着问小婷，"现在血压多少？"在玉芬和小婷分别回答了之后，张医生下了一些用药的指令，便在上官天佑的右胸壁打局部麻药，切开一道小口，要放置胸管。

突然，他想到一件事，抬头说："门外那个中年人是许阿妹的家属，请他进来一下，我要先跟他解释手术的必要性。"

雅慧走出去把阎王叫进来。

张医生看到阎王，解释道："不好意思，

[1] Type A Aortic Dissection：A型主动脉剥离。主要分为AB两种类型，A型属于比较严重且致命的。

刚才检查结果出来，确定是主动脉剥离。这情形很不乐观，需要马上开刀，等一下心脏外科医生会下来亲自再跟你解释一次，会请你签同意书，可以请你找其他家属一起来吗？"

只见阎王笑着说："啊！还要开刀？不用这么麻烦了吧！"

张医生听了一愣，说："这不开刀会死的呀！"

阎王对着张医生的右手，轻轻皱了一下眉头，然后缓缓地说："生死有命，富贵在天，很多事情其实都是命中注定的。"

张医生觉得很奇怪，第一次遇到这么镇定的家属，但心里还是决定等一下再让心脏外科的医生来跟家属解释，自己还是先插胸管减压，来救上官天佑。

就在他用右手准备将止血钳戳进上官天佑的右侧胸腔时，竟然发现……怎么戳都戳不进去！？这是以前从没有发生过的事情，顿时让张医生感到很受挫。

张医生在上初中和高中时都是成绩优异、跳级晋升的优等生，也因此不到30岁就已经担任主治医生，今年是第三年了（俗称V3）；在医学生涯中，也一直是非常顺利，这种放胸管的技术，从来没有难倒过他，但此时竟然连续几次都戳不进去！

就在这时，心脏外科的罗医生走进来，一看CT片子，又看病人的血压开始偏低了，便说："这要马上开刀，血压只有110/66mmHg……家属到了吗？"

阎王还来不及回答，突然外面检伤站的护士大喊："内科

OHCA[1]。"随即用床推一位老先生进急救室；眼看急救室客满没位置了，便硬挤在许阿妹和上官天佑两床的中间。

张医生见状，此时还在无菌区，便喊道："请外科的刘医生帮我先做心肺复苏，我的胸管还没插上。"

刘医生远远听到，跑进急救室，先给OHCA病人做心肺复苏，并下达其他急救指令。不久，机械式胸外按摩器就接上了，开始机械式心肺复苏。

阎王看到这种机器，恍然大悟："啊！原来这就是把李四打伤的武器！"

心脏外科罗医生还在找许阿妹的家属，张医生指着阎王，大声地说："罗医生，那位先生是她家属。"

罗医生走上前，先问他和许阿妹的关系，阎王正不知该如何回答时，突然一位异常俊美的年轻男子从他身后探出头来，双手抓着阎王的肩膀，开口说："对不起，张大夫，罗大夫，我跟我表哥先私下讨论一下，再跟你们说。"然后，对着张医生的右手边眨了一下眼。

阎王转头看到这位年轻人，脱口惊呼：

[1] OHCA：Out of Hospital Cardiac Arrest 的缩写，到医院之前心脏就停止跳动了；以前是用 DOA（die on arrival）来表示，即到医院前已死亡，但现在因为心肺复苏的成功率较高，所以改为 OHCA。

"啊！表哥？"

张医生看到这情况却愣住了！他心想：这家属怎么这么厉害，才刚来就知道我和罗医生的姓氏？接着右手一推，居然顺利地把胸管戳进胸腔，大量气体立刻喷出，上官天佑的呼吸机侦测到正常压力了，警报器的响声在两秒钟后停止了。

年轻男子把阎王往外拉。两人才走出急救室，阎王立刻低声说："二郎神，你来干吗？"

二郎神小声地说："我给你送生死簿来了。"

两人又往外走了几步，阎王看着二郎神手上的本子说："这不是我的生死簿呀！？"

"阎王呀，生死簿三十年前就改版了，你一直没来天庭领取，你手上的已经过期了！你不觉得你这几年要抓的人，有时候会抓不到吗？"

"啊！是这样吗？为什么会改版？"

二郎神说："因为凡人的科技和学识越来越进步，加上玉帝说要把每个人的品行操守和行为举止列入计分，只要有惠于人的，可以延年益寿，少则一个月，多则数年；但若作奸犯科的，也会减少寿命，或增加病痛。"

阎王摇头道："这以前就讲过了，所有的奖惩，留待下辈子去领取。"

"不，不，不，玉帝每隔百年召开天庭大会，上次就已经决定，以后凡人的奖惩，若是牵扯寿命的，在当世就给予折抵；除非罪行太重的，才延伸到下辈子继续受苦。"二郎神顿了一下，继续说，"好了，我不能待太久，玉帝还有个新旨令："仙界和冥界的人不可以同时出现在凡间的某个场合，否则会有意外发生的。'"

"这又是什么规矩？"阎王不解。

"我不懂，也不敢去揣测玉帝的旨令。"

阎王打开生死簿，看了一下今天的名单，赫然发现竟然没有上官天佑的名字，只剩许阿妹和陈炳两人。

阎王好奇地问："为什么上官天佑的寿命可以延长？"

二郎神说："他年轻时虽然爱抽烟，很早就得了肺气肿，可是他每年都有爱心捐款和无偿献血，根据最新算法，他可以延两年的寿命。"

"哎哟！我刚才还把他胸壁加厚加硬，让那个小大夫无法给他插管子进去呢！"

"放心，我已经把你的法术解掉了，他顺利放好胸管了。"

两人一起往急救室里看，果然看见张医生已经把胸管插进去，固定好，接上负压桶后，过去帮刘医生处理那位心跳暂停的病人了。

阎王看到刘医生正要帮陈炳插呼吸内管，声音一沉说："好，那我先带陈炳走吧！"说罢，右手一张，便将陈炳的魂魄抓进手心。

此时陈炳的两个儿子来到急诊室，对院方表示他们父亲先前就说过，将来万一有什么状况，不要急救……

第一章 急诊室长什么样

41

刘医生一听，安慰两兄弟说："哦，既然这样，我们就不插管，不压胸了。病人刚刚过世，应该没有太大的痛苦，你们也可以放心了。"于是刘医生便停止一切急救，开始打病历。

心脏外科罗医生走出急救室，看到阎王和二郎神，问他们："请问你们是许阿妹的什么人？"

二郎神本来正打算要消失的，被罗医生看到，只好回答："哦，我们是她的邻居，她家人还没到。"

"你们是邻居！？"罗医生气极败坏，弄了半天，还没找到家属，怒道，"那她的家人呢？她的情况很危急，不立刻开刀的话，会有生命危险；就算是马上开刀，死亡率也在50%以上。我必须赶快跟家属解释和讨论啊！"

二郎神赔笑说："好的，好的，我们马上联系她的家属。"说着把阎王又往外拉出几步，悄声地说，"许阿妹因为平常酗酒，高血压有一段时间了，也从来不就医，所以她的家人老早都不跟她来往，她已经一个人住很久了。我看，现在这个时间，应该也没有哪个家属愿意来看她，如果你想收她，就趁现在吧！"

阎王闻言道："好。"便转头面向急救室，同样地，右手一张，便将许阿妹的魂魄抓进手心。

只听监视器的警报声立刻大响。小婷叫道："啊！心电图显示'心脏停止'跳动啦！"

正在打病历的刘医生马上站起来，跑过去做心肺复苏；张医生则开始插管。

罗医生叹了一口气，说道："看样子来不及了，没有家属，只好先做心肺复苏了。"

玉芬挂了电话对三位医生说道："许阿妹家人说他们没有空过来，叫我们不要救她……"

"可是，他们没签《拒绝急救同意书》，我们该压的还是得压。"刘医生继续做心肺复苏。

张医生插好呼吸内管，刘医生让小婷接上机械式心脏按摩器后，机器开始规则地在胸前施压。

"罗医生，那我要先叫输血回来吗？万一有机会恢复心跳（gain pulse）的话……"张医生拖长了尾音问，显然还抱着一丝希望。

"她是A型主动脉剥离，血压降得很低，又Asystole[1]，除非现在做开胸CPR[2]，或是接ECMO[3]，否则是绝对没机会的。"罗医生说明状况。

张医生听到这样的结果，突然觉得好累，忍不住蹲下去休息一下。

[1] Asystole：意思是无心跳。
[2] 开胸CPR：是指在特殊状况下，直接切开胸廓，徒手抓着心脏做按压的心肺复苏术。
[3] ECMO：Extracorporeal Membrane Oxygenation的缩写，一般指体外膜肺氧合。主要用于对重症心肺功能衰竭病人提供持续的体外呼吸与循环，以维持病人生命。

阎王看着急救室里面"兵荒马乱"的这一幕，感到心满意足！"好啦，今天该收的收到了，我也见识了凡人的新武器，可以收工啦！"

看到几位大夜班的护士走过来，准备要接班；而二郎神却突然皱眉头，一脸惊恐。阎王忍不住问："你怎么了？"

二郎神抬头看着急救室里的时钟，叫道："糟糕，来不及了！"

阎王正要问原因，只听"砰"的一声巨响，所有人，包括医护人员、病人和家属，突然全部变成南瓜了；所有机器也停止了，急诊室瞬间安静无声，连空气都停止了流动！

◆ 子夜

阎王见到这种场景，惊道："这是怎么回事？"

二郎神说："哎呀，糟糕，这是玉帝的新旨令，他说过不准仙界和冥界在凡间的同一场合出现，否则会有意外！这下完蛋了，凡间停止运作，所有人和事物都停止了。"

"那怎么办？有什么法术可以破解？"

二郎神忧心忡忡地说："这是玉帝的法旨，我破解不了。"

这时候，突然看到张医生在许阿妹头部那边站了起来，刚刚他插完气管导管后，蹲在那儿休息。阎王和二郎神看到张医生不但没变成南瓜，居然还能行动，都惊讶地看着他……

"看什么看！我是文曲星转世下凡的。你们俩弄乱了阳间的天理循环，把我的元神给逼了出来。

"这位张大夫原本也该变成南瓜的，因为我的护体才撑住了。"张医生骂完，叹了一口气后，继续说道，"阎王呀，三十年前你没来领取新版的生死簿，玉帝就算准有一天会出事，所以让我下凡投胎，就是要在紧要关头，助你一臂之力的。"

张医生说完，走上前去，握着阎王和二郎神的手，说道："来吧，这道禁令的解除，必须要三位法力高强的神仙共同施展复原术才能成功。"

阎王和二郎神惊喜不已，幸亏玉帝还留有一手，否则事情真是不知该如何收拾！于是三位共同念咒施术，不到一分钟，"砰"的一声，所有南瓜又变回人身，所有机器也瞬间恢复正常运作，空气又开始流动。

张医生手一放，倒退了几步，回到许阿妹身边又蹲回地上。

当他再度站起来时，浑然不知道刚刚那一秒钟发生过什么事。此时许阿妹的心电图依旧没出现该有的正常波形，张医生一面指示急救用药，一面让小婷再联系家属，通知他们病人正在抢救，问他们到底来不来！？

大夜班的护士纷纷进急救室交班，看到"急救室床满"的这种惨状，大夜班的领导玉琪惨呼："张医生，你也太扫把星了吧？都十二点了，还双杀！？"小婷赶忙安慰说："学姐别生气啦！我们还是会处理到结束再跟你交班。"

在这么多的病人中，其中陈炳要做body care[1]，不用交班；而许阿妹正在做心肺复苏，看样子机会渺茫，其实也算交好一半的班了。所以真正需要交班的，是被插了呼吸内管和胸管的上官天佑，那位因蜂蜇而过敏性休克的病人以及一位外伤的年轻人……

张医生打完病历，眼看小夜班护士交完班，悄悄地问："你们等一会儿下班后，可以帮我买夜宵和饮料吗？我从8点接班到现在，都还没停过……"

[1] body care：意思是护士帮过世的病人做身体处理。

关于台湾地区铁路交通事故中最大的一场灾难——"普悠玛号列车出轨事件"！带你去看看医疗体系如何应对……

# 急诊魂

2018年10月21日星期日，台湾地区发生了一起重大铁路交通事故——一列从树林开往花东的普悠玛号，于下午4:50在宜兰的新马站翻车，造成18人死亡，190人受伤！

话说当天我上夜班，按照平日习惯，手机关机，闹钟调到晚上6:30。但是，还不到6点，我就断断续续听到外面有救护车的警笛声从远处传来（我的宿舍距离铁轨大约250米）。迷迷糊糊中听到似乎已经有三辆救护车的警笛声，我觉得奇怪，只好起来。

打开手机，先看到一位朋友发了一则"插播新闻"的照片给我。当时看到"火车出轨"四个字，脑子还没回过神，没有跟刚刚吵醒我的救护车联系起来，所以回他说："我刚起床，等一下8点上班。"（我还以为他是关心我有没有坐在火车里。）

后来再看其他信息，看到我们"急诊333"的群里，第一条信息在傍晚5:18发出——"启动大量伤员"，要大家到医院帮忙，后续有几位医护人员回答说"准备出发"，但没有其他进一步的消息。

再翻其他信息，直到翻到我们主治医生的信息群……乖乖，不得了啊，才发现事情好严重！好多位主治医生在这个群中回复："在前往医院途中了！"甚至有从台北或者花莲赶过来的；而且院方已经开始做出调床的举动，硬是从加护病房清出五张空床以待命。

于是我跟妈妈说："妈，好像出事了，听说是火车出轨翻车了，我等一下要提早去上班！"

"啊，那你要等我呀！我赶快炒菜。"

我妈匆忙煮饭炒菜，我打开电视，果然就看到这个噩耗。等我妈炒好两道菜，我赶快吃饭。

我妈也很忙，通常我上夜班，她还会帮我准备果汁和茶，让我带到医院喝。吃饭时，更多信息传来。于是我匆忙吃了一碗饭后，换了衣服，拿上果汁和茶便出发去上班。

晚上6:50，来到医院，天啊！简直是灾难现场啊！

医院大厅摆满了轻伤的病人，我看到几位行政助理在现场帮忙，好多护理同事已经在帮忙换药，打点滴，安抚哭泣的伤员，我匆忙跟几位认识的同事点个头，便走进急诊室去换衣服。

穿上白大褂后，先到检伤站问谁是现场指挥官，有人回答是"王副院长"，我心想：王副院长是老资历了，一定没问题。

再看到急救区有我们两位急诊科医生及两位外科医生守着，我便到重伤区支持。

重伤区有三位外科医生在处理伤员，并有几位专科护士帮忙缝伤口。我找到空隙，先看了三个伤员；接着发现外科医生虽然都看过病人，且做了处理，但是电脑数据还是一片空白。因此我开始就他们刚刚看过的伤员，逐一再去探视一次，并把电脑数据补齐。

现场伤员太多了，但我们医院反应非常迅速，在一小时内就动员了三百多人（原本没上班的医生、护士、行政助理、社工和检验师，都在看到手机信息后赶到医院，加上正在当班的医护人员），所以虽然看起来很乱，但大家乱中有序地产生一股无可言喻的默契，每位伤员都能很快地得到诊视及处理。

我看了六个病人后，发现"重复看诊"的状况太多了，于是决定跳出来，先把电脑里的数据补齐，再把外科医生看过的伤员重新检查一遍，并逐一为伤员解释X光片、CT或抽血报告。确定已经没有紧急问题的伤员，便开始做"清病人"的工作，也就是——先放回家！我和我们急诊室主任也有默契，不约而同地开始做"清理现场"的工作。

这些伤员原本都是要前往花东的，有些原本就住宜兰的人就可以回家，但很多是外地人。这时候有些场景，是平常再怎么忙的急诊室都看不到的：

一、以前急诊只要有三到四个伤员，排第三或第四的伤员就会鬼哭狼嚎，要求赶快治疗他。但今天，几乎没听到伤员在抱怨或咆哮。我想，一方面大家都知道这是重大的突发事件；另一方面，我们现场工作人员很多，四五个人处理一位伤员，应该也是让伤员没得抱怨的地方。

二、有好几家民宿经营者主动来现场提供免费住宿；好多志愿者协助我们联系家属，或者找寻伤员；还有许多爱心人士提供饮料和纯净水给大家喝。我们医院的行政助理和书记们，也不断穿梭在医疗人员和伤员当中，帮忙联系、补给、调度和协调床位。

三、这种灾难可以说是外科的战场，神经外科、骨科、胸腔外科、普通外科和心血管外科的医生，都在现场处理伤员；内科系的也有好多位医生过来帮忙。神经内科的医生帮忙做神经学评估（因为有许多伤员是头颈部受伤）；肠胃科的医生帮忙给每位伤员做腹部超声波检查，以排除内出血的可能；肾脏科医生帮忙打中心静脉针；耳鼻喉科的住院医生，则来帮忙缝头颈部的伤口……现场没有谁在下指令要求谁去做什么事，但只要一有需求，立刻有人补上去支持，让整个处理流程忙而不乱，十分有序。

尤其是病房的护士，她们平常对急诊的工作并不熟，但也帮忙做人员疏散、伤员处理以及口头解释注意事项等工作。每当我看完一个病人，说："这个要冰敷左肩和左脚，并帮我吊上肩带。"立刻就有不认识的护士去执行，或者我说："这个帮我转到留观区，药单在这儿。"也马上有没见过面的护士协助我，将伤员带到另外一区，并做好交班事宜。

今天本来是我一位老同事结婚，我们急诊室一堆同事要去吃喜酒（我得上夜班，所以已请同事帮我把红包带到，我人不到），但听说她们一到现场，刚坐下来，就看到我们护士长在她们自己的群中发信息说："有大量伤员，谁可以回医院帮忙？"也立刻全员启动，赶回医院，让婚礼现场瞬间空出三桌！（听说连第一道菜都没吃到，甚至有人是刚给了红包，签个名，便立刻离开了。）

另外，我们六位专科护士全到；刚刚上过白班，才下班一个多小时的护士也全部回来帮忙；甚至有个在放哺乳假的护士也赶过来；还有一位护士本来自己发烧到40度，正在打点滴，结果立刻站起来，帮其他姐妹准备别的伤员的点滴。而急诊科医生中，除了当班的四位之外（当班的四位同事后来都继续留下帮忙），我是提早一个多小时来支持；另外有两位本来没上班的医生也赶过来帮忙，加上夜班的另外两位医生以及还在受训的住院医生（他后来留到将近凌晨1点，协同我们把病历都整理好才回家），等于急诊科医生到了10位！

我一边解释伤势，一边帮病人办理出院手续，当处理了十几位病人后，突然发现好像有点儿安静了！？原来，除了一开始伤势很重的几位被送去手术室之外，急救区的其他病人被刘医生和张医生都处理好了（缝好伤口后，转到加护病房）；重伤区的几位伤员在现场处理完伤口之后，也被收治到普通病房；中伤区及轻伤区的病人，则在许主任、我和洪医生三人的"清理"下，逐一出院；最后留下五个伤员在留观区，预计明天早上就可以回家，只是希望再观察久一点。

我们医院于晚上9:01，解除大量伤员警报。

最后总结：收治了六十六位伤员，其中一位是到医院之前心脏就停止跳动了，没有救回来；四位住到加护病房；十五位住到普通病房；其他的都可以回家。松了一口气后，我才发现……我的声音哑掉了！而且全身酸痛！

来支援的其他科室的同事逐渐离开，剩下的急诊室同事则在晚上10:20后纷纷瘫坐在椅子上。这时不知道哪个好心人送来许多饮料和面包，我拿起一瓶水，快速喝了600毫升，再到会议室拿了一杯椰果奶茶来喝。（这时候喝奶茶，突然觉得好好喝！）

喝到一半，我突然想到，我还没跟白班同事交班呢！

白班的方医生说，他把白天的内科病人，交给跟我一起上夜班的黄医生了；在刚刚大家忙成一团时，黄医生已经默默地把内科病人"清掉了"！

我检查一下电脑上的名单，发现有一位常常出现的精神病人，居然在晚上8:15来挂号，而且，主诉又是每天都会发生的"没有红疹的自觉性皮肤痒"！我笑说："今天乱成这样，除了这位在痒之外，那些平常时不时就会来报到的精神病人和酒鬼，反倒没出现！"

护理人员急忙制止我："别说啦，说不定等一下就来了！"（急诊有时候会有"说曹操，曹操到"的迷信。）后来一整晚，只有一个酒鬼跌倒来挂号（而且不是常客），算是不幸中的大幸。

反倒是铁路员工，半夜里有两位来挂急诊，跟这次事件也算是有相关，但因为不是直接伤害，所以不列入统计数字。（第二天早上，真的有两位精神病的"常客"来挂号，还很自豪地说："我昨晚在大门口看你们很忙，所以没进来挂号哟！"一副来讨赏的表情。啊呀！）

后来我在脸书[1]上发文章，提到这种大量伤员事件，会立刻激发医疗人员的"急诊魂"！大家都赞同，并纷纷表示自己的"急诊魂"也被激发了；尤其是急诊护理人员，整个热血沸腾，反应强烈；连几位离职已久的老同事（在家相夫教子多年），也说看到新闻的当下有一股冲动，很想重披战袍，回急诊室跟大家并肩作战！

这样的事件虽然很累，可是大家反而做得很开心，因为，这才是急诊存在的意义，

[1] 脸书：类似微博等的网络社交平台。

甚至来支援的病房护理人员也不禁说道："工作四年来，第一次感受到自己护理工作的重要性！"

半夜，我和许主任讨论：这种大量伤员的处理，我们可不可以做得更好？因为今天虽然都处理好伤员了，可是，那是因为一次性投入了非常多的人力。我们是否可以再精简一点点人力，让现场不要这么混乱？检伤和挂号的搭配，有没有什么可改进的地方（因为后来发现有重复挂号的现象）？ICS[1]的概念，这次发挥得如何？大家的"急诊魂"被激发了是很好，但这只能偶尔发生，否则连续几次的话，所有人都要崩溃了！

最后，愿死者安息，伤者早日康复，这样的事件不再发生！

[1] ICS：通常发生这种大量伤员事件，现场指挥官要有ICS（Incident Command System的缩写，意为灾害现场指挥体系）的概念，而这通常是急诊科医生才会去学的，因为我们要学"灾难医学"。

# 第二章
## 正经八百篇

很多人以为，生病了，去挂急诊，只要赶快打个针或吃到药，解除掉不舒服就好了。殊不知，从你一进门，医护人员就在进行观察和诊断，许多在脸上没表现出来的"内心戏"，也正不断地上演着……

当你生病来到急诊室，从一进门，医护人员就已经开始上下打量、观察……一直到最后开药，内心早已有许多臆测、假设争相竞演，直至把你的病情诊断出来为止。

# 就医三部曲

在医学生养成教育中，老师曾对我们谆谆教诲："只要主诉、病史，加上身体理学检查，就可以诊断出70％以上的疾病。"

学生时代的我，听了觉得很不可思议，"难道那些抽血和影像学检查可以不做吗？"后来在行医的过程中，逐渐发现——原来，这是真理。通常我们听完病人的主诉之后，再做身体上的一些理学检查，心里其实已经有答案了。

既然如此，为什么还是要做一堆检查，包括抽血、X光，甚至CT呢？

通常有两个理由：

## 一、让"客户满意"

如果医生在听完病人的主诉之后，只拿起听诊器在病人身上听一听，再触诊按一按，然后告诉你"只是感冒而已"或者"这没什么，只是肠胃炎罢了"，然后就结束问诊，直接开药让病人带回去，那可就惨了！肯定会引起病人的抱怨："这么草率，没有医德，没有同情心……"接着，立刻会把整个看病的怨气文章发表在网络上，很快就会有很多人同声出气地"点赞"，甚至就这么巧被转载让××媒体记者看到（也有直接投稿给记者或者爆料网站的），于是就会出现这样的新闻——××人到××医院看病，遭医生敷衍对待、草率问诊，简直气炸了……由此开始衍生出一连串的社会舆论，一个不小心，还可能引起轩然大波呢！

可是，如果医生在看完病后，虽然知道只不过是个感冒，却和颜悦色地说："你的喉咙有点发炎，我帮你验个白细胞，看看有没有升高，顺便检查一下你的血糖。"哇！那病人马上会觉得这个医生真细心。如果等会儿发现还被打了一瓶500毫升的点滴，更会觉得花的挂号费有意义了！

一般来说，当车祸伤员被送到急诊室来时，通常我听完伤者或家属叙述整个车祸过程之后，会立刻帮伤员做身体检查；如果没什么大问题，我就会跟伤员或家属解释说："这是挫伤，但走路没问题，只要做伤口消毒、包扎和冰敷就可以了，不用拍X光的。"这样一说完，肯定会引起伤员或家属的抱怨："我都撞到受伤了，不用拍X光呀！？"

所以有几次在给伤员拍完X光后，除了根据X光片的状况解释给伤员或家属之外，我最后偶尔会再加上一句："这X光片是拍给你们看的，是为了让你们安心；但基本上，除非必要，X光还是少照点好，因为有一定的辐射。"最后，伤员或家属都带着满意的表情离开医院，即使也听出了我话中的揶揄部分！

这种让"客户满意"的医患关系，曾让我一位学弟在车祸伤员身上，从头到脚拍了二十二张X光片，堪称极致！我开玩笑地说："他就算有血癌，可能都在此放射线剂量下治好了！"当然，万一以后他得了什么奇怪的癌症，会不会也是今天种下的因，就不得而知了。

## 二、担心遇到"鬼"

在医疗纠纷越来越多、越赔越天价的社会民情下，很多医生开出检查单只是为了"保护自己"（也就是前面提到的"防御性医疗"）。因为在所有头晕的病人中，就是有极少数的人是真的脑干中风；在腹痛的病人中，总会有一些最后被诊断为急性心肌梗死的；更不用说已经有很多个案例，腰酸背痛好几天的人，最后发现是硬脊髓上脓肿，甚至是主动脉剥离……这些就是我们所谓的"鬼"。

为什么会被称为"鬼"？就是因为这些疾病的症状跟一般常见疾病的症状是一样的，通常要几个小时或者几天之后，才会逐渐出现特定疾病的典型症状，才能诊断出来。

可是，病人和家属通常不会同意医生说的"这在早期不容易诊断"，或者"这症状不典型，所以很容易忽略掉"的说法，只要你延误诊断，就准备上法院接受法官和家属的疲劳轰炸。因为医生就是被认定要诊断出病人的疾病，不容许有失误，一旦失误，就要拿出"诚意"来解决。

所以我们常常会发现：有些老人家肚子疼来医院，竟然要做心电图！头晕的病人经过治疗后，超过2小时还晕的话，大概就会安排做脑部CT；车祸的伤员，只要你说得出哪里疼，那个部位就会获得X光一枚！然后医护人员会在记录上写着"因为××原因，所以安排××检查，但目前的检查结果是正常！"要强调"目前的检查结果是正常"，也就是说，万一后来变成心肌梗死或缺血性肠炎，那就是你倒霉，不是我没注意到哦！

另外，因为遇到过"鬼"，同时医生为了让自己也安心，所以一些不被医保报销的检查还是要做。在当今的社会风气下，大家乱枪打鸟，打中了，就可以拿来报告，喜滋滋地说："看吧！我诊断出一个很难的病例。"打不中的，就等着医保核删，乖乖写申诉，然后暗自咒骂医保部门乱砍乱删。

回归到当年老师的教诲，只靠病人的主诉、病史和身体学检查，我们的确可以诊断大多数的疾病；可是，还是要做一些检查，因为：第一，我们希望诊断率能达到100%（这是官方说法，实际上是不可能的）；第二，说穿了，就是为了让医护人员、病人以及家属都放心罢了。可问题是，做了这么多检查，你，真的放心了吗？

## 🧴 第一部：主诉篇

当我们身上有病痛到医院去看病时，通常前几句话所讲述的，就是主要的不舒服的表现，也就是医疗界所说的"主诉"。在急诊室常听到的主诉，不外乎是"我肚子痛，拉肚子好几次""我头好晕，一直想吐""我胸口闷，呼吸不顺，有点儿喘"，或者是"我好像发烧了，一直很冷，而且全身酸痛"；到了晚上，就比较多地出现"我皮肤好痒，起疹子了""我睡不着，又失眠了""我一直咳嗽，咳到睡不着"这一类的主诉。

上面说的这些算是比较常见的主诉，有些人的主诉会比较奇怪。之前我在荣民总医院工作的时候，常常会有荣民敬老院的老伯说："我吃不下饭！"初期遇到的几个病例我都忍不住地说："老伯，你要强迫自己吃啊！吃不下饭就跑来看急诊，太滥用急诊了！"可是，经过几个病人的"洗礼"后，我发现这所谓的"吃不下饭"的背后，竟然有一半是败血症作祟，还有不少人是冠心病发作！

说起来，那些在敬老院的单身老伯也挺可怜，前半生都奉献给国家，年纪大了没有家人照顾，又一个人住，所以一旦出现"我头昏，走不动路"这种情况，对他们而言，就像世界末日般恐怖，因为没有人可以帮他买食物、递茶水。

　　但如果你以为住在某敬老院就比较幸运的话，那又错了。我就遇到好几次从敬老院送来的老伯跟我抱怨，说他无法走到餐厅去吃饭，饿了两三天才被护理人员发现，送到医院来了；我甚至遇到过几次被送来的老伯，张大了嘴，一脸呆滞地躺在床上，没有人跟我说他发生了什么事（找不到护理人员），没有主诉，只能从电脑里查以往病史，然后小心地做身体检查，一步一步去琢磨他可能得了什么疾病。这个过程有时候是惊心动魄的，因为就在诊察的过程中，他的血压突然降得很低，一副败血性休克或心因性休克的状况出现，当场挑战我们的抗压性。我曾问过护理人员，为什么没有人注意到老伯已经有状况了呢？他们也是一脸无辜地说："我们每天有好多老人要照顾，不可能每一个都盯得紧紧的呀！"

　　这些孤寡老人是动荡年代下的不幸者；也因为他们的特殊经历，除了他们的主诉之外，若为了拉近感情而问东问西的话，往往会发现他们开始帮你复习历史知识。我记得某作者写过一篇文章，他问了一位老伯一个问题，没多久，就惊觉自己已身陷"卢沟桥事变"！这个故事，我可是谨记在心，所以，绝不敢轻易启动老伯的话匣子。

　　而乡下小镇就很不一样。

我在宜兰多年，除了常见的主诉之外，有些乡民来看急诊，就把大包小包的行李都带来，主诉是——我要住院！再问他为什么要住院，答案往往是："觉得疲倦，无力。"这些"无力"的乡民经过检查后，许多人其实只是轻微感冒，或是跟家人不和，以至没有安全感，不想待在家里而来要求住院，只有不到一半的人是真的因为厉害的感染或贫血而需要住院。不过，基于服务乡民的精神，这些主诉是"我要住院"的病人，一半以上都如愿以偿了。

不知道是乡下空气好，还是乡民的劳动量大，我觉得这里的老年人大多数的身体都很不错。有几位超过90岁的老年人，甚至可以自己走进医院跟我说他头晕，或是咳嗽了好几天，等等，让我惊叹于他们到了这个年龄，还可以自己来医院看病，不需要家人陪伴！

但是，这里精神病人之多，也是别的地区望尘莫及的。曾经有一个"常客"，一进到急诊室就开始说她头晕、胸闷、双手发麻、双脚也无力，连尿尿都不大顺……基本上，听了她的主诉，你会认为她从头到脚"整组都坏了"，离"病入膏肓"不远了。以前老师教过我们，正常的病人通常主诉只会有一个或两个系统，例如：呼吸道、胃肠道或心血管等有问题；但若是主诉超过三个系统以上，第一个就要想到是精神病。于是，我问她："其实你是睡不着，对不对？"只见她低头笑了一下，说："对啦，我都吃了三颗安眠药了，还是睡不着啊！现在全身上下都很不舒服。"

我曾遇过一个6岁的小朋友，他能把主诉和疾病过程简洁利落地描述出来，在他说完的那一刹那，我差点要为他鼓掌。曾经跟一些病人在"主诉区"纠缠不清，花了好多时间才弄清楚，原来他讲一堆主诉，就是要看看哪一种"症状"可以让我"心动"，同意他住院！

　　没有接受过训练，要能说好主诉是不容易的。当然我们不可能要求每位病人都能简明扼要地说出自己的不舒服（又不是职业病人）。有时候在听了病人说出一大堆的主诉之后，我会直接问一句："那你今天最主要的不舒服是什么？"通常答案就出来了。所以，病人只要问自己一句"今天主要是什么问题，让我想去医院看病？"这就是清楚的主诉了。千万不要忍不住地把家里一些不愉快的事情、情绪夹杂进来，或是把几百年前跌倒的故事，当作是"最近几天有受伤吗？"的答案，这样只会扰乱医生做出错误的判断及治疗，耽误自己的就诊过程。

　　"你哪里不舒服？""怎么受伤的？"……我想很冷血地麻烦你，请尽量在三句内说完。

## 第二部：理学检查篇

　　在做理学检查时，有一大篇密密麻麻的表格要填，从一个人的外观、头颈部、胸部、心脏、腹部、四肢，一直到皮肤和神经学检查，若真的每个病人都照表格上的项目逐一检查下来，起码要十五分钟以上；再加上一开始的病史询问以及书写记录，没有半小时，是看不完一个病人的。但在当地的情况下，不可能给你那么多时间来慢慢问诊，所以大部分医生都是依照病人的症状来做"相关的"理学检查。随着个人经验的累积，慢慢地，每个医生会发展出一套自己的检查方式和顺序。

大多数病人都不知道理学检查的重要性，所以往往在我们做完检查后，还会要求说："我很不舒服，医生，你帮我再做详细一点的检查吧！"在当医生的头几年，每次听到这样的说辞都会很生气，难道我刚刚问的、做的还不够详细吗？常常很想回答："该检查的都检查了，我也已经有诊断了！"但我知道如果这样一说，病人又会不甘愿了，甚至会来医院投诉。所以，我都会说："我刚刚帮你做了身体学的检查，等一下再抽个血，看看血糖、肝指数、肾功能指数有没有异常……"如果病人又发现我帮他多做了一个腹部超声波检查，哇，当场就觉得物超所值，然后会高兴地称赞我，说我是他遇到过最仔细的医生！

其实大部分的疾病，包括常见的肠胃炎、上呼吸道感染、中风、盲肠炎、心脏衰竭并发肺水肿、蜂窝性组织炎，等等，都是经过问诊和理学检查后就可以直接下诊断的。当然，也有许多状况还是不容易诊断，例如：不典型的盲肠炎、肾脓肿、肺栓塞、缺血性肠炎，或少数的脑干中风。

在我当住院医生的时候，有一位心脏科的学长非常厉害。有一回，他听完病人的描述后，再用听诊器听一听病人的心脏，就跟我说："这要收住院，安排进一步的检查，应该是'感染性心内膜炎'。"我愣了一下，心想：这样就诊断出来了？他明明没发烧，只说胸闷和肢体无力而已啊！于是，我小心地也用听诊器听了一下，还是听不出个所以然。这时，学长把他的专业听诊器借我用，还告诉我在哪个位置能听到心杂音。基于不敢耽搁学长太久的时间，也怕被他嘲笑太笨，所以我嗫嚅地说："啊！好像第一心音有点儿杂音。"学长很高兴，说："对，就是那里！"这时，在一旁的实习医生见这情况，也有模有样地借了学长的听诊器去听，然后毕恭毕敬地点头称"是"，但那表情明显很心虚！

后来我帮那位病人排了TEE<sup>[1]</sup>，果然看到一个很小的血栓；而且那位病人在第二天就开始发烧，右手掌也出现了典型红疹，连心杂音都开始明显到我很容易就听到了。但因为我们一收住院时，就开始用抗生素治疗，所以发烧四天之后，症状逐渐改善；十四天后，病人就平安出院了。这个病例让我见识了所谓"理学检查高手"的功力，那位学长真的非常出色！后来，我和同事们聊到他，原来每个人都经历过不同的病例"开眼界"，见识到他的实力。

[1] TEE：意为经食道的心脏超声波检查。

长江后浪推前浪，多年之后，我也逐渐成为学弟学妹们称赞的对象。有一回，有位学弟来问我："学长，那位病人一来就说上吐下泻好几次，肚子也疼，明明是典型的肠胃炎症状，为什么你说她是肾盂肾炎[1]啊？"我告诉学弟，当我在帮病人做PE[2]时，压了肚子之后，顺势就敲了敲病人的腰，发现她左腰的敲痛太明显了，跟一般肠胃炎引发腰痛的痛法不一样。后来经过实验学检查，真的是肾盂肾炎；而且书上也写过，肾盂肾炎有30%～50%的病人会拉肚子。

❤

　　顺路走多了，难免会遇到"鬼"（对，就是会有"鬼"）。有一次，救护车送来一位倒在路边的病人，找不到家属，病人意识不清，病史完全无法得知。我见那病人双眼已经偏向一边，两侧瞳孔不等大，单侧肢体完全软瘫，检伤血压的收缩压又飙到220mmHg以上，当场就跟护士们说："啊！ICH（颅内出血）了！"不料，20秒后就证明我错了。因为一测血糖，竟然只有18；而且补了4支高浓度葡萄糖后，病人就醒过

[1] 肾盂肾炎：是由致病微生物引起的肾盂和肾实质炎症，常伴有尿路感染。
[2] PE: Physical Examination的缩写，意为理学检查，通常病人来到医院，医生、护士会根据病人的主诉和病史，来帮病人做身体上的检查，我们称之为"PE"。

第二章　正经八百篇

来了，还能对答如流，连瞳孔都变回一样大，真是太神奇了！
（后来还是帮他做了脑部的CT，确认真的没有颅内出血。）

　　还有一次，有个五十几岁的病人被电锯割伤，我听了他描述的过程后，认为他躲得够快，应该只有撕裂伤。可是他却要求："我觉得很疼，拍个X光看看吧！"我跟他说："你只是让电锯划了一下而已，并没有砸到，X光不需要拍啦！"最后，还是拗不过他再三要求，就答应让他拍X光。没想到X光片上，中段指骨竟真的断了！诊断立刻从"撕裂伤"变成"开放性骨折"。事后我跟他道歉，并说："哇，姜还是老的辣，你自己的身体，果然是你最清楚。"但其实我当下觉得很丢脸。幸好老师们当年还教了一招——当你拗不过病人时，就别再争，顺着他一下，不要把医患关系搞坏了；而且，有时候还真的可以救自己的钱包一命！

　　根据以前我们在书上学到的，做理学检查的标准方式是把病人"脱光光"，逐项都要看清楚，不可以有遗漏。虽然我们从来不会真的叫病人脱光衣服，可是有时候，我也会要求病人把衣服拉起来，因为我要看看皮肤上有没有病灶和伤口；脱下外裤，要检查是否有疝气；或者只露出肚子，因为要做超声波检查。这个"叫病人脱衣服"的口令，看起来很简单，我也始终觉得是理所当然（我是要帮你检查），直到有一次，我帮一位尼姑做检查（她是特地来宜兰找我看病的），她说她最听医生的话了，所以即使她是女的，又是出家人，当医生要她脱衣服检查时，她也会毫不迟疑地照医生所说的去做……这一番话，让我当场汗颜。

我从来没有想过，要病人把衣服脱下来做检查，对许多人来说，可能需要一番挣扎。例如：我们帮病人做肛门指诊、要病人把嘴巴张开、叫病人暂时憋气不要呼吸、敲了几个地方问他哪里最痛……这些理学检查都顶着名正言顺的"医生在帮你做检查"的光环，所以当在要求病人顺从时，如果病人扭扭捏捏地不敢脱裤子，偶尔还会换来我们不耐烦的眼神，"喂，后面还有病人在等着呢，不是只有你一个好不好！？"

从心脏科学长的经验中，我知道了理学检查越小心仔细越好；和尼姑的对话，则让我对这样的检查心存感激，感谢病人愿意相信我，在我面前赤身露体。

在病人这样的信任下，其实我们多的是一份戒慎恐惧，希望尽量快速找出答案，减少病人被重复检查的不愉快，尤其是患睾丸炎的男病人，或是疝气、肛门脓肿的病人，因为每个医生来做一次理学检查，对病人就是多裸露一次，多痛一次。

说到这儿，好像我多么仁心仁术似的，其实不然，否则就不会在有一天晚上被一个精神病人骂："你根本都没有做检查，就说我的头痛、头晕、胸闷和手脚发麻是失眠睡不着造成的。"我当场差点笑出来，心想：我认识你这么多年了，你是什么病人，我还不知道吗？可是当下，我一方面还是有点自责于太看轻她（我那一天真的没帮她做头痛和头晕相关的理学检查），另一方面却表情冷淡地先说了声："不，你误会了！"然后走上前跟她分析，"你的血压、心跳和体温都正常，走路没有问题，问诊时也对答如流，所以不用担心是中风。"最后再跟她说明，"我先帮你打个针，让你舒服地睡一下，再抽血检查你的电解质，等一下你醒来，刚好你老公（她老公是我们医院的警卫大哥）也下班了，就可以接你回家！"她听了之后，虽然还是一脸的不甘心，但应该是想到可以先打一针睡觉，只好悻悻然地躺到她最常躺的那张床上去了。

理学检查，是我们最重要的诊断手法之一。这些年下来，我自问该做的检查绝不会偷懒不去做，也希望都能做到很精确。而有时面对病人太多的要求，只要不逾越医学常理，或超过医保标准太多，为了良好的医患关系，我也都尽量做到皆大欢喜。毕竟让病人顺心，也是我们医生看诊时的重要目的之一。

## 🍶 第三部：卫生教育篇

看病的过程到最后，就是要让病人"心满意足"地回家，这大概是最困难的一步。以前有老师说："收病人住院很容易，但要让病人回家，才是最难的。"这个说法在如今医疗纠纷频繁的时代下，更显得是真知灼见。每一个病人在症状改善要出院回家之前，我们都会确保自己跟他们解释清楚这次是什么疾病或什么状况，把所有可能出现的后遗症都说明白，确定病人在"回家后，即使有并发症，也不会回来找我们算账"，才能放下心中这块大石头。

所以，当遇到上腹痛的病人，即使已经很确定他只是胃炎，我们还是会提醒病人和家属，回家要注意盲肠炎的征兆；头晕的病人，在回家前，一定要跟他说明，什么情形下要考虑是真正的中风，再来医院复诊；发烧的病人，要仔细解释之后可能会发生的病情变化以及在什么状况下需要再来医院……这些所谓的卫生教育，除了告知病人外，也一定要跟家属说明白，因为万一病人发生了什么不测的后遗症，会来告你的，通常都是家属，尤其是那些平常根本没有出现，没有在照顾病人的家属。

虽然，我们已经很努力在做好卫生教育这一环，可是有些情况还是让人很受挫。

曾经有一位年轻人，因喉咙痛、发烧了两次来看急诊。当时做了抽血、流感快筛，结果都正常，于是在退烧后就让他回去了。第二天这位年轻人又来了，说有些咳嗽，而且还是发烧，于是加拍了X光，又验了一次白细胞，结果还都是正常。因此在他退烧之后，我们再一次给他讲解注意事项，然后便让他回家了。不料第三天他又来了，这回说咳嗽咳到胸痛，我们加做了心电图，检查结果看起来有问题，便会诊心脏科做心脏超声波检查，怀疑是心肌炎，当下立刻收住院。不料，两天后，这位年轻人就过世了！

可想而知，家属绝对无法接受（我们也无法接受）这个结果。好好的一个年轻人，只因为没有事先诊断出心肌炎就过世。但是，心肌炎的早期症状，跟感冒几乎一模一样。发病后，除非是变成重症，才需要打很贵的免疫球蛋白，否则也只能做普通性治疗。这道理在医疗界都知道，但是，大众不会知道。尤其有人因此而死亡，家属的疯狂心态，是可以理解的。然而，前面帮他看过病的两位医生却也因此要写报告，甚至上法院，其实也很冤枉。套用一句我们医生私下说的话："这种病例，谁遇到谁倒霉！"

至于小孩子的发烧，最受挫的情形就是你跟家长讲解了半天注意事项，把例行性用药和临时性用药都给了，也都仔细地说明使用方法……结果，回家后不到几小时，只要小孩一发烧，家长就又带过来了。怪不得有位学长曾经很生气地说："解释了半天，结果都是屁。"

我曾经在某个晚上遇过一个病例：一位家长带着孩子来到急诊室，他说小孩发烧两天了，他已经带去三家医院看过，还是烧。于是，我跟他说："如果你是那种小孩一发烧就要去医院的家长，那我直接帮孩子办住院好了。"果然，家长立刻喜滋滋地告诉我，他有打听到哪个医生很不错，指名要找这位医生收孩子住院。真是让人无语……

我可以体会家长的焦虑及不舍，但打着亲情关心的招牌，却一直表现出无知，这代表我们的医疗教育很失败！而且，我更怀疑是因为"有医疗保险"和"可以卸下照顾责任"的关系，让家长产生"只要小孩一感冒，就住院算了"的渴望。

另外，很多家长来到医院，抱怨孩子都不肯吃药（却可以吃饭、喝养乐多），退烧都只能用塞剂，所以要来医院打点滴住院。其实，现在儿科的药都是甜甜的，不难喝。我记得我小时候发烧，如果不肯吃那种很苦的药，往往就是"啪"的一声，换来我娘的一巴掌，然后我就会在号啕大哭中，乖乖地把药吃下去（因为再不吃，就是第二掌；万一把药吐掉，接下来的就是霹雳连环掌）。

在急诊室里还有两种病人，是别的科室看不到的，而我们怎样传达注意事项都没有用的狠角色：一种是药瘾患者；一种是酒鬼。

我们曾经有药瘾患者在护士站咆哮威胁，只因为我们不肯帮他打吗啡针剂，这种情况在全台湾地区的急诊室都有。经过多年来大家的抱怨，相关部门决定这种情况由医院自主处理。于是，我们可以大方、勇敢地告诉药瘾患者："你看，电脑把你的名字锁住了，只能打普通的止痛针，不能打吗啡。"几个月下来，那些"常客"终于逐渐减少。但我在急诊科医生的脸书上，还是会看到各地医生彼此告诫："×××似乎从南部到了中部，请××医院注意一下。"我相信如果没有适当的辅导，这些药瘾患者很可能会走入黑市去获得毒品，沉沦于更悲惨的下场；但站在医疗立场，我又不希望用医保的资源去满足他那不该有的瘾头。有时候卸下医生的白大褂，我觉得我是一个满残忍的人！

至于酒鬼，如果是酒品好，在急诊室乖乖睡一觉的人，我倒挺欢迎的（才怪！最好还是不要来）；但非常讨厌那种会耍酒疯，还会站在病床旁拉屎撒尿的酒鬼，弄得我们要请清洁阿姨来打扫，然后还要挪开别的病人远离他，甚至要用手术服换掉他那已经沾了尿液和呕吐物的衣服。这样的病人对护理人员来说就是一场灾难，因为个别医生会躲远些，护士这时候就真的是"白衣天使"了。

我常常看我们的护士帮那些无业游民洗澡、换衣服、清理他们的秽物……在那一刻，我真的深深感到"白衣天使"这名称的伟大与神圣。但是，普通大众看不到这真诚光辉的一刻，他们往往只会对着护士颐指气使，把她们当成婢女使唤。最倒霉的一次，是有个病人尿在床上，我们两位护士帮他清理和换衣服，把他的脏衣服用大袋子装起来，塞在床底下。没想到，第二天当他要离开时，竟然说他的皮夹不见了，跑去告我们护士偷他的钱！两位"白衣天使"差点儿气得变成"白发魔女"，因为还要为此去警察局做笔录。

对药瘾患者和酒鬼是无法也无须做卫生教育的，因为讲了半天，他们也不理你。尤其是酒鬼，常常在醒来之后会自己拔掉点滴跑掉，倒霉的是他们的家人，会被叫来缴费或补证件。这时候有很多病人家属就会"突然手机打不通"，或是出现以下的对话……

"我又不认识他。"

"可是他说你是他太太。"

"我们离婚了！""砰"的一声就挂断电话！

基本上，每个病人我们都会耐心地讲解卫生知识和注意事项，偶尔还是会遇到很有礼貌的病人和家属，特地来护士站表示感谢，甚至还问我有没有在看门诊，以后要挂我的号。其实，行医多年，每当看到病人在我眼前满意地离开，那种成就感是无法言喻的！他们高兴了，我也满足了，尽管有时在治疗过程里有许多酸甜苦辣，但只要他们平安出院，我就很高兴。一些病人及家属离开前的"微笑点头致意"，常常让我感到欣慰，也是我能继续待在急诊室这种恶劣环境里的一大动力。

至于我每次滔滔不绝地口述卫生教育内容，到底病人听进去多少，坦白说，连我自己患肠胃炎时，都会忍不住吃辣；骨折开完刀的第二天，就喝咖啡……套用一句我跟护理人员说的："这些卫生教育内容，连我们自己都不见得能做得到，更何况一般人！？因为，这就是人性嘛！"（两手一摊。）

"子欲养而亲不待"的哀伤，在现代人越来越长寿的情况下是否还存在？所谓"养儿防老"的观念，当下还有意义吗？

# 老了，谁来照顾你？

陈医生正在帮一位卧床的老婆婆换鼻胃管，因其鼻胃管阻塞了，又碰巧是周末，没有居家护理人员可以去她家更换，所以便由老婆婆的儿媳妇和一位印度尼西亚籍的保姆将其带到医院处理。

陈医生问："病人这两天有没有咳嗽或呕吐？"儿媳妇耸耸肩，看了一下保姆。

印度尼西亚保姆用古怪腔调的中文说："没右兔（没有吐）。老婆婆有科（有咳），科（咳）几声。"

儿媳妇接着说："只咳嗽几声！"

换好鼻胃管后，陈医生接着问："老婆婆背后有没有褥疮？"儿媳妇又耸耸肩，保姆则一脸疑惑地看着陈医生。

陈医生边比画边问："老婆婆的背后有没有破皮？"

保姆这才恍然大悟："哦，有一滇滇（点点）红红。"

陈医生点点头，忍不住跟儿媳妇说："你当儿媳妇的，怎么什么都不知道啊？"

"她平时都是保姆在照顾！我要上班，怎么可能什么都知道？"儿媳妇鼓着腮帮子说，相当理直气壮。

陈医生无奈地摇摇头。他交代护士要帮老婆婆清理褥疮并换药，之后写完病历，准备为她办理结账。突然，前面检伤护士喊道："内科急救室！"只见警卫和检伤护士推了一张病床进来，上面躺着一个老先生，涨紫了脸孔，低声咳嗽并呻吟着。

陈医生见状，跟着冲进急救室，一看是呼吸困难的情形，他迅速戴上手套，把老先生的头略抬高，并把老先生的嘴巴打开……刚一打开嘴巴，便看到一团食物卡在嘴里。陈医生一边叫"抽吸"，一边用手先把大块的食团挖出来，一旁的护士也很快地准备好抽吸管，接着抽吸小食团和一些唾液。

看病人的呼吸状况不好，陈医生说："来，on Endo[1]！"此时一群家属冲进来，其中一位看似保姆的年轻女子，哭哭啼啼地跟进来。

一位中年男子急着问："医生，他怎么了？"

"请问你是……"陈医生问。

"我是他儿子。我爸怎么了？"

"应该是吃面呛到了！现在呼吸状况不

老魔王的急诊室

[1] Endo：是Endo-tracheal tube的缩写，意思是"气管导管"。其作用是医护人员将此管从病人嘴巴插进气管，再接上呼吸器，帮助病人呼吸或方便抽痰。

80

好，我要先插管，用机器帮他呼吸。"陈医生一边解释，一边继续手上的抢救工作。

那男子一听，转头就骂："你是怎么喂的？叫你要小心一点，都听不懂啊！？"保姆只是一直哭，不敢回答。

"麻烦你们都到外面等，我先急救病人。"陈医生遣走家属后就先为老先生插上气管导管，护士们赶紧打上点滴、抽血，接上心电图、血氧血压监视器以及呼吸器。

病情稳定之后，陈医生走出急救室，先问清楚了在医院的家属是些什么人之后，便问："你爸爸有没有高血压、糖尿病？"

大儿子迟疑了一下，二儿子和二儿媳妇摇摇头表示不知。

突然，一个小孩，应该是老先生的孙子，说："爷爷好像有吃心脏的药！"

大儿子转身问保姆："爷爷有没有高血压和糖尿病啊？"

保姆这时还在抽泣，嗫嚅地回答："有啊！爷爷有糖尿病。"

"那有中风过吗？"陈医生又问。

保姆回答："有。"

"会不会走路？"

"不会。"又是保姆回答。

"会不会说话？"

保姆还没来得及说话，二儿媳妇抢答：
"有时候会胡言乱语。"

大儿子也不甘示弱，接着说："有时候
会……"然后指着保姆，"叫她的名字，都
叫得很模糊。"

"那有没有药物过敏？"陈医生接
着问。

家属们又是一片安静地看着保姆。

"有一张单子……"保姆从袋子里掏
出一张小卡片，上面写了一种退烧止痛药的
名字。

陈医生接过来一看，微愠地说："这是
我上次写给你们的过敏卡嘛！不是跟你们说
过，这张过敏卡要和医保卡放在一起吗？"

这时急诊室里面的护士喊："sugar one
touch[1]42！"陈医生马上说："先补D50[2]，
3支，IV改D10W。"然后转身跟家属进一步
说明，"病人的血糖偏低，导致意识不清，
从而呛到。我们现在先帮他补高浓度的葡萄
糖，呛到的部分，会先打抗生素，等会儿会
把他送到加护病房住院，继续治疗。"

"啊！要住加护病房？"众家属惊呼。

这时候，大儿子转身便开口大骂："爷

[1] sugar one touch：
是指在医院做简易快速的
血糖测试。
[2] D50：即D50W，指的
是50%的葡萄糖溶液，通
常是用来紧急提升病人
的血糖浓度。D10：即
D10W，指的是10%的葡萄
糖溶液，通常在注射D50W
后，用此来继续维持病人
的血糖浓度。

老魔王的急诊室

爷的血糖低，你也不知道，还乱喂他吃东西，害他呛到了！"本来已经停止哭泣的保姆，听到这句话，又开始哭了起来。

"我们花钱请你来，你连一个老人都照顾不好，你还能做什么啊！？"二儿子跟着继续骂。而保姆一句话都不敢说，只是一个劲儿地哭。

陈医生见状，终于忍不住开口说："你们哪有资格怪她啊？你们当子女的，连父亲的病情和他平常的生活状态都搞不清楚，凭什么去怪一个外人？"

大儿子这下不爽了，回呛说："你这医生很奇怪，你只管看病就好，管到我们家里了？如果不是我们要上班，大家都很忙，谁愿意多花这个钱去找一个外人住到家里来啊！"其他家属

也跟着七嘴八舌地起哄，抱怨医生没有同理心……

看着这群家属的嘴脸，陈医生再也讲不下去了。他一直以为，请保姆来照顾家中老人，保姆应该分担"体力方面"的工作，例如：翻身、拍背、喂食、清洁身体、手脚按摩，等等；而当家属的，每天还是要关心自己的亲人，知道他是否按时吃药，知道老人身体有哪些变化，每天要碰触到老人的身体、陪老人说说话，即使老人不见得听得懂。然而，在医院这么多年，他看到的，都是家人把中风的老人往保姆身上一推，从此不闻不问，只等着有朝一日来办丧事，哭泣一番，就算完成一件人生大事。

面对这出家庭闹剧以及这群家属的责难，陈医生无力地说："这是你们自己的亲人，你们……"

"哎呀！你不懂，管那么多干吗？"陈医生话还没说完，就被老人的二儿子打断。

陈医生摇摇头，只觉得胸口有一股闷气郁积着。他叹了一口气，心想：久病床前无孝子，人老了以后，到底真正是靠谁在照顾呢？看样子，还是趁现在多存点钱，只要有钱，到时候自然会有许多"孝子贤孙"自动靠过来照顾你……

不同等级的医院，对病人的住院条件会有所不同，这牵扯到科别的有无、占床率的高低，还有最重要的——医保是否报销。可是对大众而言，"我很不舒服"是最真实的感受。所以，急诊便常常扮演为"住院把关"的角色，而不可避免地会和大众的期待有所出入。

# 你该住院吗？

朱医生对第12床病人解释了她的病情之后，病人憔悴地说："你说我只是咽喉炎，为什么我的喉咙这么疼啊？疼到我都说不出话来了！"

朱医生心想：你从刚才来到现在，打电话聊个不停，还说疼到说不出话来？但他仍和颜悦色耐心地解释道："因为你咽喉发炎，当然不舒服啊！而且目前虽然有轻微发烧，白细胞11500也略高了点，但这是感冒的一种，用口服药物控制就可以了。"病人摇着头说："不行，我很不舒服，我要住院。"

朱医生知道像这一类只要有一点感冒就会要求住院的病人，有些是心理因素（不想上班，或是想让家人觉得他已经严重到该住院）；但绝大部分是因为有保险给报销（每天有3000到5000元[1]不等的住院费可以领）。

[1] 全书内容涉及金钱数额时，其单位均为台湾地区通用的新台币。——编者注

老魔王的急诊室

然而，依照医疗保险部门的认定，这种状况不但不能住院，甚至有时候多给了抗生素或是多做了检查，还会被医保核删。以看急诊的病人来说，核删掉的金额，还要乘以180倍来处罚，所以工作在一线的医生在"住院"问题上要小心把关，免得不但医院赚不到钱，还要被多罚钱。基于这样的因素，朱医生说："这样吧，我帮你会诊耳鼻喉科医生，听听他们的意见。"

就在会诊的同时，第11床病人做完胃镜回来，诊断是急性胃炎并轻微出血。肠胃科的张医生打电话过来跟朱医生说："没看到出血点，只有一点点小破皮，还没达到溃疡的地步；现在胃里也没有血块，而且，这个病人是酒鬼呀！所以不用住院了，告诉他得戒酒。等等就让他带药回家，过两天再来门诊复查。"

病人的儿子听到结果，就来急诊护士站说："可是我爸爸很不舒服，还一直想吐，这样难道不能住院吗？"

"目前看起来是急性胃炎，没必要住院。如果他还不舒服，可以在急诊室继续治疗，暂时不要回家。"朱医生提出建议。

"是哦！"病人的家属不置可否，悻悻然地回到第11床。

耳鼻喉科的赵医生会诊完第12床后，对病人说："你这是咽喉炎，别担心，用口服药治疗就可以了。"

"可是我很难受，这样都不能住院呀！？"病人仍不死心地问。

一旁的儿子和女儿，如听到晴天霹雳的消息一般，气愤地表示："你们都不了解病人的痛苦，这叫什么'视病犹亲'嘛！连住个院都不行。是不是一定要等病人死了，你们才觉得病情是严重的！"

面对家属一连串的炮轰，赵医生似乎也招架不住了，只好说："好啦好啦！那就住院两天，观察一下好了。"

没想到，病人的女儿竟不懂得见好就收，在急诊室叫嚣道："刚才不是说不能住院？我们骂你之后，又说可以住院！你们现在就是'会吵的小孩有糖吃'是不是？"

病人的儿子也跟着补一刀，冷冷地丢出一句："哪有这样的医院啊！根本就是在乱搞。"

赵医生第一次发现急诊的病人还真难搞！不是疾病难搞，是病人和家属的态度让他受不了。

朱医生听到声音，赶紧过来解围，说道："按照目前医保报销制度，你这样的咽喉炎真不需要住院。可是你们一直强调病人很不舒服，所以赵医生才让你住院观察两天，没想到你们又有质疑！我只请问：现在你们要不要住院？"

"要啊！"病人的儿女们异口同声。

赵医生补充一句："先说好，最多只能住两天，不能再多了。"

病人的儿女点头同意后，朱医生开了住院单给他们去办手续，并跟赵医生讨论住院的用药。

这时肾脏科的周医生来到急诊室，对朱医生说："朱医生，第11床是什么样的病人啊？他太太是我洗肾的病人，刚刚来拜托我收他住院。"

朱医生跟他解释了病人的病情，并说明肠胃科不收住院的理由。

周医生看了病人的检查报告，并探视了病人之后说："没关系，我来收好了！因为看样子没有太大的问题，只是住院观察而已，我让他住个两天，顺便戒酒好了。"于是，两床的病人和家属都心满意足了。

两天后，咽喉炎的病人愉快地出院了；胃炎的病人，在住院当天晚上又吐得很厉害，给了药之后稍微好一点儿，但第二天早上突然喘起来，经诊断是"吸入性肺炎"。插了呼吸内管后，转到加护病房，却又并发急性呼吸窘迫，两天后就过世了！

咽喉炎的家属在病人出院时，没有跟耳鼻喉科的医疗人员说一声"谢谢"，在自认为打了一场胜仗后，带着诊断书愉快地扬长而去；而胃炎的家属却找了记者，说要告急诊科朱医生，不但延误诊断及治疗，还一直赶他们回家，不让他们住院！同样是两个"抢着要住院"的医疗事件，结局大不相同，但却都让人傻眼。

院方"病人安全小组"检查死者在急诊的病历之后，发现该处理的都没有漏掉（抽血、胃镜、X光、尿液、心电图以及点滴和治疗用药），确定了急诊科的朱医生和肠胃科张医生的诊

断和治疗都没有问题，病人是因为吐的时候，不小心呛到而造成吸入性肺炎，加上长期酗酒抵抗力降低，很快就并发急性呼吸窘迫。

"但问题是，"医疗安全小组的庄组长说，"家属听得懂这样的诊断过程及诊断逻辑吗？今天这个病人，即使一开始就收治在肠胃科，他还是会因为呕吐而造成吸入性肺炎，可家属就不会抱怨，因为他们认为我们是第一时间收他住院的。不过，回归到现实层面，难道胃炎呕吐的病人，都一定要住院吗？"

医疗安全小组知道这又是一桩无医疗过失的医疗纠纷，也知道在不久的将来，在全民健保不断地打压医保支付报销下，在大众的个人保险不断调高的情况下，"可不可以住院"的争论会越演越烈。一开始的受害者，会是莫名其妙中箭的一线医生

（医疗人员常说的："谁遇到了，谁倒霉！"）；接着，在医生纷纷退守到"明哲保身"的医疗态度后，病人就会自食恶果！

但是，有弊就有利，谁会从中获利呢？答案可能是：法官和律师。

### 后续

事件发生之后，在社会公共网络平台上，有人发起支持朱医生的言论。虽然这不是值得特别标示的重点，但我想说的是，这些事件只是医疗风险中的冰山一角，这座冰山什么时候会被压垮，就看大众的知识水平什么时候提升和道德力量什么时候会完全崩溃。

女性，请一定要了解自己的生理期；女性身边的男性，也请多关心她的生理期。

# 请问……你怀孕了吗？

在医院工作，只要遇到育龄妇女，在拍X光前，一定要确认该女子有没有怀孕；即使是50岁的女性，只要还有月经的，我们都还是要问一下："请问，你怀孕了吗？可以拍X光吗？"

当年我实习的时候，总会有前辈不厌其烦地对我们谆谆教诲，讲述某女子在医院生下智障儿，如果不甘愿承认是自己的基因作祟，或是怀孕中乱吃药，那么就会提出"一定是因为怀孕早期被××医生安排拍了一次X光……"，所以导致胎儿基因受损；若是该医生又无法拿出"他已确定病人当时没有怀孕，所以才开检查单让其去做此检查"的证据，那就有可能是一桩医疗纠纷了。（但其实后来已证明，拍一次X光的剂量就影响胎儿发育的概率是非常非常低的。可是，大家还是尽量少拍X光。）

为了避免莫名其妙地产生医疗纠纷和赔钱，我们也都遵此原则：对所有育龄妇女通通都要问怀孕与否。

怎么问呢？最传统、最常用的就是问"前一次的月经时间"，用这时间去推算她们是否在安全期。但很神奇的是，不知道是因为问到了爬带婆[1]，还是她们觉得不好意思回答；又或者真的忘记这种日子。我问100个女性，往往有80个告诉我"不知道"，或者"忘记了"，逼得我还得帮她们复习一下，"这个月的来了没有？"或者是"上个月是月初、月中还是月底？"若还是不确定的，就只好验个尿检查一下。当然，那些不确定日期的，最后验出来的结果，几乎100%都是阴性（没有怀孕）；反而是一些会支支吾吾的腹痛患者，偶尔会很意外地出现阳性（怀孕了）！但，阳性之后的结果，是皆大欢喜，还是一场家庭纷争？则因人而异了。

记得有一次，我还是第一年的住院医生时，半夜来了一位16岁的腹痛小妹妹，她看起来胖胖的，弯着身体哭诉着肚子痛（对于腹痛且伸不直身体的，我们会特别小心，因为已经产生腹膜炎的概率很大）。我问她上一次的月经时间，她说忘记了。才16岁，外表看起来依旧稚气十足，但按照前辈们的指导，我还是在打止痛针的同时，先帮她抽血、验尿。没多

[1] 爬带婆：台湾地区的方言，表示智商不高，表示有点笨笨的人。

久，她妈妈来到护士站说："我女儿说她肚子很疼！我看她那种疼法，很像我以前要生孩子的样子呀！"

说时迟那时快，验尿报告出来了：阳性（怀孕了）！我赶紧会诊妇产科医生，结果竟然已经是full term（怀孕满周），当场就得接生了……听说母女俩还在产房里大吵一架！我当时还真有点傻眼，"这里不是很淳朴的乡下吗？她才16岁啊！[1]"

有了几次经验之后，我不再问月经时间了（护士还是会问，且会记录），我都直接问："请问，你怀孕了吗？"

这一来就简单多了，大多数女性都会直接说"没有"；有些50岁左右的妇女，甚至会很开心地笑着说："怎么可能啦，我都那么老了！"通常我会微笑着再解释一次："只要是育龄妇女，就会有怀孕的可能。"我发现这样一来，可以很快得到确定的答案，有时候也促进一点儿医患关系的和乐气氛。

即使有些妇女会说："我不太确定，可

[1] 这个病例我自己觉得很糗，我在给病人做身体检查时，还在她的肚子上压了几下，以确定疼痛的部位。虽然她一直是弯着腰蜷曲在床上，但我竟没有摸出来她是孕妇，还以为她只是个小胖妞！幸好当时我只是个第一年的住院医生，才没被众同事嘲笑。不过，毕竟是身体检查没有做好，才会出现这种乌龙，还是挺糗的。

以验验看吗？"也都让整个流程变得顺利多了，不用再"月中还是月底"地猜谜下去。

当然，这样问也不是没有出丑过。

有一天晚上，来了一位打扮得风尘味颇重的42岁女性，主诉是晚上腹痛想吐。站在旁边的是她先生，高大威武、蓄络腮胡，看起来一脸的不悦（对！就是那种半夜得陪家人来看病，一副不耐烦的表情）。

当我问完症状以及以往病史，再问道："请问你有怀孕吗？"

这42岁的"红拂女"还没开口，身旁的"虬髯客"竟大吼："她有没有怀孕，我们怎么会知道？你当医生的怎么会不知道？还问我们！"

我愣了一下，心想：又不是我老婆，我怎么会知道她有没有怀孕？

不过，当下还是一脸镇定地跟他解释我们这样问的必要性。

这件事件，直到"红拂女"的腹痛解决了（最后诊断是普通肠胃炎）要回家时，"虬髯客"绷住的表情才松了下来，还跟我说了一声"谢谢"！

还有一次，是一位喝了酒引起换气过度的年轻女性。

我问她男朋友："她有没有怀孕？"

"人都快喘死了，你还问这种问题！"她男朋友对着我吼。

在我解释了对于换气过度综合征的治疗药物（镇静剂）有

可能影响胎儿时，他才悻悻然地说："她昨天刚来那个而已。"

随着就医次数增多，现代人其实已经越来越可以接受"花一些时间回答医生问的病史，包括高血压、糖尿病以及药物过敏史"；对于育龄妇女被问到怀孕史，大多也可以平静面对，据实以答。

我还记得一个很特别的例子，是一位学长看到的病例。

一位已怀孕二十几周的女性，严重腹痛；经检查，始终无法排除盲肠炎或腹膜炎。会诊了妇科和外科医生，最后在病人及家属的同意下，做了CT检查……答案竟然是胰脏炎！

姑且不论抽血报告和CT的结果是多么不兼容，但当看到胎儿鲜明的影像出现在电脑屏幕上时，仿佛告诉我们一个血淋淋的故事。

我自问在医疗职业生涯中，已经练就得相当"冷血"了，可是当我看到那张胎儿在腹中的CT片[1]时，不知为何，竟让我有一种叹息兼心悸的愕然……

请问你怀孕了吗？请熟知自己的身体，如实回答医生的询问。

[1] 拍一次"腹部加骨盆腔"的CT（加上显影剂），其辐射线剂量，粗略估计是拍一张胸部X光片的一两百倍。

第三章

# 正经二百五篇

在急诊室里发生的真实事件，往往比八点档连续剧还犀利、还刺激！

于是，急诊科医生每天要跟一群死忠的"牛肉粉丝"斗智、周旋，还要故作镇定地去面对许多光怪陆离的剧情！

以前在学校学到"急诊医学"的时候，脑中幻想着以后我要救那些心肌梗死、脑中风或休克的病人。等到真正成了急诊科医生后，才发现每天都在跟"牛肉粉丝"们周旋……

# "牛肉粉丝"

在急诊室工作的人，都知道急诊室通常会有一些"粉丝"，其实就是急诊室的"常客"！这些"粉丝"当中，大概有99%都患有跟情绪相关的疾病（通常我们称这类病人为"牛肉西施"，来自英文"neurosis"）；但其中一半以上的病人，是真的有"重大伤病卡"[1]的精神病人。

这些病人大部分的临床表现：首先是"睡不着"，在家把各类安眠药吃遍了还是无法入睡，于是来看急诊寻求"一针倒地"；其次是精神病发作，要么是大吼大叫被警察抓来的，要么就是胸闷头晕，一副"你不快点处理，我就立刻死给你看"的样子；再次是换气过度综合征和恐慌症发作的病人，而这一类病人，包括其家属，通常是我们背后抱怨或唠叨的对象。

[1] 重大伤病卡：台湾地区实施的一种针对患有重大伤病（如精神性疾病）的患者使用的就诊卡。——编者注

睡不着的病人通常比较好沟通，打了针之后，大部分都可以乖乖地睡着；但也有功力很强的，打了六七针还死不肯倒下，总是苦着一张脸，提着点滴瓶走过来说："我还是睡不着啊。"不过，这类病人至少不会有暴力倾向，所以有时候还可以跟他们晓以大义，请他们再等一下，等药效发挥作用了，或者等我们处理完其他病人了，再帮他们解决问题。当然，如果他们终于甘愿自己睡着，那是最好；然而，常常最后都是我们投降——唉，再追加两针吧！

安静的病人还好处理，那些会大吼大叫、歇斯底里的病人，功力反而比较差，大部分在两针以内一定倒下；但是麻烦的在后面，等他们醒来后，要怎么安置呢？

在宜兰，我们也有精神病医院，可以让我们转介"需住院进一步治疗"的精神病人过去，不过前提是"要在正常上班时间"，只要是假日或半夜，他们一概会说"我们现在没床位"，或者"我们今天没有医生值班"……所以，常常等病人被"打倒"后、警察叔叔"逃走"了、家属也一哄而散（或者根本连来都没来），接下来就是等，等时间到了，列入交班部分，由下一位医生继续等。不过这一类病人在醒来后，大部分情绪会稳定下来，可以正常跟你对话，经过一番"恳谈"，很多病人最后还是会心平气和地让家属带回家。

功力最差的，就是患有换气过度综合征的病人。来的时候鬼吼鬼叫的，哭喊着喘不过气来，胸闷得快要死了……家属也会跟着对我们怒吼，好像他的家人万一喘死了就是我们谋杀的！但是一旦确定诊断，这种病人只要一针（甚至半针）就可以"打倒"。只要病人一倒，家属通常就会甘愿坐在一旁等候，这时候我们才能好好地跟家属解释，并获得家属的认同！

当然，我们也有"很乖的"的病人。

为什么说他们乖？

因为他们个性温驯，不吵不闹，只要看到医生帮他打了一瓶点滴，就会很安静地躺几个小时，醒来之后，还会来跟你报告："医生，我好了，我要回去了。"我常觉得这一类病人，可能是来医院寻求安心的，或许也是找一个"周遭有人气、有安全感"的环境吧！当然，他们的潜在问题还是精神病。

至于酒鬼……唉！我常常会跟护士开玩笑说："你在地上画

个箭头，等他醒来后，让他自己逃走吧！"

这话听起来也许好笑，但我觉得，我们真的浪费了好多社会资源和医疗资源在酒鬼身上。这种"病人"，来的时候大吼大叫，完全不可理喻！待清醒之后，好一点儿的会来跟我们道谢再离开；但也有些人竟然会自己中途拔掉点滴，趁我们不注意偷偷跑掉，弄得挂号室的同事还要去追账追医保卡，真是给急诊室带来许多的麻烦和困扰。

话说回来，既然叫"粉丝"，就真的会有些忠贞的"铁粉"，一个月可以来急诊室十次以上。有些甚至和我们像老朋友一样，一来急诊室就呼唤你的绰号，好像我们跟他很熟似的！（不过，也真的算很熟啦！唉，真是欲哭无泪！）

还有更妙的，有些人会先打电话来探问他所"习惯"的医生今天有没有上班，才决定要不要来急诊挂号。每次遇到这类"粉丝"，我们也只能苦笑，半开玩笑半生气地说："哎，你又来了！"通常这一类型的"粉丝"，会自己去找"他的床"乖乖躺好，你也不用跟他多说什么，就是设法把他"打倒"，他就满足了。有时候想想真的很好笑，这样的医患互动模式，似乎跟当初在学校学的完全不一样！当年在学校学"急诊医学"的时候，明明说的是要诊断像急性心肌梗死、主动脉剥离、急性中风、多发性创伤跟肠穿孔等严重且紧急的病呀，怎么现在却……

　　这些"牛肉西施"，不论男女老幼，常常如雪片般涌进急诊室，这也是我当初选科室时从没想到过的"远景"呢！曾经有个学长在我不耐烦的时候，开玩笑地跟我说："你就把他们想成钱，一个一个的钱跳进急诊室来，就不会觉得不耐烦了。"

　　我还记得当时我的回答："学长，我是住院医生，领的是死工资，病人多，我又不能多赚钱，这样会很不甘心的！"

　　几年后，我升为主治医生，有机会领取病人抽成奖金时，却发现这些病人大多数有重大伤病卡，看病费用都有减免，医保的点值非常低，所以我还是赚不到什么钱……只是没想到，我的耐心却变得比较好了，也不再常常抱怨，这是我以前年轻时根本想象不到的自身变化。

　　至于还有些非"牛肉粉丝"，只是依赖急诊的"快"而来，这是医保制度下的畸形医疗快餐文化，就不在此讨论了。

在每天都要接触这些病人的急诊室里工作，有时候难免会想："我们的精神科医生，为什么都治不好这样的病人？""这些人的家属，为什么这么早就放弃他们？"

从一次又一次让人啼笑皆非的情况中，有时候很讨厌这种病人，因为他们令我有挫折感——为什么老是搞不定他们？但转念一想，又很同情他们，因为他们大多数人总是走不出自己的内心关卡，甚至他们根本不知道自己正在发病（就是我们所谓的"没有病识感"）。

不过最令人讨厌的是，有些病人坚称自己是心脏有问题，或是得了脑瘤，于是心电图一次又一次地做，甚至真的有病人成功地争取到做脑部CT的机会（我们的医保，就是这样被蹂躏的）。在讲人权的年代，在个别医生怕死、怕被告的思想下，这些医生正和病人连手摧残医保制度，而且不遗余力！

"粉丝文化"，相信在急诊室工作的医疗同事们都深有所感！下次你去看急诊，如果听到医护人员背着你说："这个是'牛肉'。"不要怀疑，恭喜你已经升级为"西施"了！

或许有一天，当所有大众都把医疗当成是服务业时，医疗从业者就会提出方案，让自己有"服务业"的样子。

# 医疗服务业的快餐文化

陈伯伯一向身体健康，无病无痛，可是今天早上起床后就开始拉肚子，腹痛如绞。于是，他去家附近的大医院急诊看病。

一进门，他就听到一群护士齐声喊道："欢迎光临！"其中，笑得最甜美的小彤继续说道："先生，请至三号柜台。请问您要几号套餐？"

"啊？"陈伯伯愣了一下，喃喃自语，"这是……"

话未说完，突然有位青年男子跑进来说："啊！我肚子很不舒服，赶快给我一个三号套餐！"

"好的，先生请来这里，我帮您挂号点餐。"一号柜台的小欣招呼着。

青年男子径自向小欣的柜台走去。陈伯伯看得是一头雾水，抓抓头发说："现在是什么情况？"

小彤用甜美的嗓音回答："现在有新规定，医疗属服务业，加上大众习惯什么都要快，连看病也都越来越没耐心等候，所以我们现在看病也都采用快餐文化模式了。"陈伯伯还没回过

老魔王的急诊室

108

神，小彤继续说，"您如果是胸闷，就点一号套餐；头晕的，是二号套餐；肚子痛，则是三号套餐；发烧，四号套餐……"

陈伯伯打断小彤的介绍，忍不住叫道："好啦！好啦！别说了，我早上拉肚子，现在肚子好痛，加上有点儿头晕，那我要怎么挂号？"

小彤微笑着说："那您可以点二号加三号套餐，点两个套餐还有九折优惠呢！"

在陈伯伯和小彤的对话过程中，那位青年男子已经量完血压、心跳速率、呼吸及体温[1]，同时完成挂号，先领了一些药物和点滴瓶，然后就被带进里面的诊室等医生看诊，一经确诊，即可打针治疗。显然，那位青年男子非常喜欢而且适应这种"立即性"的快感！

陈伯伯终于完成了点餐的挂号手续。此时，小彤护士帮陈伯伯测量体温，发现其体温是38.2度……

"陈先生，您发烧了哟！要不要加点四号套餐？点三份套餐打七五折哦！"

陈伯伯只觉得全身酸痛，非常难受，不知道该怎么回应，便急着说："好！都可以，只要赶快帮我处理，什么都好。"

---

[1] 血压、心跳速率、呼吸和体温，医学上合称为"生命四大体征"。

于是小彤做好记录，领了三份套餐所需的点滴和注射用药之后，便广播："张医生请至6号诊室，有三份套餐合并的一位。"

陈伯伯正要起身至诊室，突然听到救护车"呜哇呜哇"地疾驶而来。医护人员迅速推进来一位中年男子，一位妇人哭哭啼啼地跟在一旁跑进来……众位护士仍不忘大呼一声："欢迎光临！"

此时救护人员叫道："快点！做心肺复苏。"

护士小芬上前拉住妇人说："太太，请您先来帮他挂号。"

小欣立刻接手介绍："来我这儿。请问您要几号的心肺复苏套餐？"

妇人一边哭一边说："什么东西啊？"

"我们的心肺复苏套餐，一号套餐是传统的，收费800元；二号套餐是高质量的，收费2000元；三号套餐是即刻且高质量的，收费4500元。"

妇人完全不知所云，哭着说："你们就用最贵最好的那个！"

小欣立刻广播："心肺复苏三号套餐，心肺复苏三号套餐。"

刚一广播完，旁边一个小门开启，跑出两名医生和两位护士，推着病床进急救室。

一旁的陈伯伯看傻了眼，不解地挠着头说："现在看病变成这样了？"

"来，"小芬甜美地说，然后用柔软的手牵起陈伯伯，一边带着他走进第6诊室一边解释说："这都是为了适应时代的变化，我们医疗人员也要有所改进啊！"接着又说，"小心，您肚子疼，走慢点儿。"

在她小手细心的牵引下，陈伯伯突然觉得自己的肚子好像没那么疼了！他不知道这是肠胃炎本来就会有的"阵痛"现象，还喜滋滋地跟小彤说："我觉得这样的服务质量好多了！你看，你们这样亲切的态度，我都觉得病好了一半呢！"

小彤微笑着把他引进第6诊室，心想：三个套餐加起来，打折后也要7200元，再加上医保申报的诊疗费和药费，算一算，一个肠胃炎应该就要花到10000元左右，这还不包括最后结账时要另外收取的10%的服务费以及额外的15%的夜间提成费。花这么多钱，您老当然要好好享受了！

在医保部门不调升医保费，医护人员又不足的情况下，要求医疗质量的改进，还妄想把医疗当成快餐服务业，导致个别医院采取"服务至上，收费第一"的政策来应对。

上述剧情虽然只是狂想，但在制度不完善的状况下，想要有好的医疗质量又要快速的服务，结果就是大众自己要付出代价！

普通人可能想象不到，在急诊室工作，竟然"每天"都会接触到警察……他们的际遇，时而令人同情，时而令人感叹！

# 警察叔叔

在急诊室工作，一定会常常接触到警察。首先就是交通警察，因为其中最常遇到的是车祸伤员，交通警察会来医院做笔录和酒精检测，并厘清案情；其次应该算是打架或枪伤者，不仅警察，甚至连刑警都会来问案发过程；再次就是情绪失控的精神病人，在警察的戒护下被押过来；另外有少数家暴案件的受害者，警察来了解情况，或是收容所里的非法偷渡客生病了，被押送就医。比较奇妙的是，当流氓地痞来急诊室闹事时，他们反而不太会出现；不然就是等吵闹事件结束了才出现！（时间点总是抓得很准呀！）

日积月累，在与警察的接触下，难免就会有一些恩怨情仇发生。我常戏称是急诊室版的《书剑恩仇录》[1]。

[1] 《书剑恩仇录》：金庸的知名武侠小说之一，在此借用"书"和"剑"两个字，来比喻医生和警察的文武之别。

依我个人经验，我最不喜欢有些交警那副要"丢掉烫手山芋"的态度。主要是因为车祸伤员都要进行酒精检测，若交警当场给伤员做的酒精检测结果属于醉酒驾车，就必须将伤员以"现行犯"的身份立即逮捕；此时若伤员因伤势严重必须留院处理或观察，他们就得跟着留下来监视，也就是说，他们不能离开医院了。于是，很多交警就会以"现行犯"这个词，半威胁半利诱伤员不要做吹气式的酒精检测，改用抽血来检验体内的酒精浓度；因为抽血检查，他们可以等晚一点儿再发公文来拿报告，接下来的案件处理就跟他们没有直接关系了。

那么问题来了，要用抽血来检验体内酒精浓度的方式，伤员必须符合"意识不清"，或是脸上"有导致无法吹气的明显伤痕"，抑或是肇事双方拒绝做警方的吹气式酒精检测，才可以进行医院方面的抽血检验。

但是，如果伤员意识清楚，脸上也没有导致无法吹气的明显伤痕的话，医保部门往往就会把我们的血液酒精检测这一项删掉；一旦被删，就要加重180倍的处罚！于是，急诊室里就会出现交警和我们争论"为什么不给伤员抽血做酒精检测"这样的奇怪场面。

通常在我方论点充足的激战后，有时就会听到警察说"啊！可是我忘了带机器来！"或者是"机器有点问题，你们就抽血嘛！"等各种理由，让我有点儿哭笑不得。这些警察到底想要怎么样？有事故不就该处理吗？不是能省则省，把责任都推给医院吧！

机器好像有
问题……

基本上，对于酒驾的人，我是一点儿同情心都没有！尤其那些因逞一时之快而酒驾肇事的人，伤了别人，甚至毁了别人全家，来到急诊室还大吼大叫……我不知道撇开"医生"这个身份，我还有什么理由给这些酒鬼好脸色？而有些交警，怎么可以因为想减少"现场留置陪伴"的人力负担，就让肇事案件拖延呢！？当然，这样的警察是极少数，但每当遇上了，就得多花不少唇舌在这种事情上。

对于躁乱的精神病人，我是很同情警察的。他们常常很无奈地陪在一旁，帮我们抓那些"张牙舞爪"的病人，直到我们把病人"打倒"，他们才如释重负地"逃走"。（真的是逃之夭夭呀！因为后面再怎么叫他们，打死都不出现。）于是，我们就得自己去找家属，或是给病人转院，脱手这颗"山芋"。

至于打架的伤员，如果有警察在急诊室出现的话，通常双方的气焰会比较收敛一些。说真的，这时候他们就很有人民卫士的光辉，对一旁吓到腿软的我们是很有帮助的。（虽然我这样觉得，但双方再打起来，现场若只有一两个警察的话，可能也是无能为力。）

我一直希望，急诊室的同事和警察能和平共处，不过，基于工作和立场的考虑，有时候难免会有冲突，毕竟，在"保护自己"的现代观念下，大家都希望多一事不如少一事。但我的大原则依旧是：伤员要处理，流程要顺畅，坏蛋要伏法！

另外希望酒驾罚金再提高一点儿，罚责更严厉一些！啊，还有，酒驾就医不准用医保，全部自费！

社会上发生的真实事件，往往比"黄金八点档"还犀利、还刺激！而当这些剧情在急诊室上演时，往往令人哭笑不得。

# 雨夜中的偶像剧

　　星期日的夜晚，大雨依旧下个不停……当时急诊室正陷入"兵荒马乱"之际，突然一个电话打进来……"两分钟后，转送一名车祸伤员。"奇怪的是，这电话是从警察局打来的，不是救护人员从广播器上呼叫的。风医生和几位护士虽然觉得诡异，但手上还有好几位病人要处理，也就不以为意。没过多久，就听到警笛器响起，只见两位警察扶着一名壮汉从警车里下来，壮汉坐上轮椅被推了进来。

　　跟在壮汉身边的是一位身材娇小的长发女子，进到医院后她一直不停地向警察道歉："对不起，对不起……不好意思！"同时，她也不时地安抚那名壮汉，"你放轻松一点儿，别这样！"那名壮汉虽然长得一脸横肉，却是满面惊恐，不停地大口呼吸，直说自己喘不过气来，全身很麻又很酸痛。

　　风医生上前询问病史，壮汉不说话，娇小女子也没回答，只说："他可能情绪有点激动……"风医生再问警察到底是什么情况，他们还是只回答："你帮他检查一下，看身体有什么状况。"没有人要说出主诉。经过检查，壮汉的所有生命征象都正常，血氧浓度100％，呼吸声正常，身体也没有肿胀或外伤。

这下风医生有点不高兴了，这些人是来捣乱的吗？于是他招招手，请警察到一旁说话。原来是这名壮汉酒驾肇事，被抓到警察局做笔录，就在询问当中，他突然说自己很喘，全身发麻，身体很酸痛，快死掉了……警察不得已，才赶紧把他送到急诊室。

风医生说："这有可能是'歇斯底里'发作，不然我帮他打一针，放松一下好了。"不料，壮汉竟坚持不打针。

风医生便问："那你希望我怎么帮你？"此时，警察在一旁很无奈地摊着手，身边的娇小女子仍一个劲儿地道歉，而壮汉依旧大口喘着气。

正陷入僵局之际，风医生准备离开要去处理别的病人，突然一名身穿黄色大衣的女子走进了急诊室。

这女子一进急诊室，直直走向娇小女子跟前，冷冷地丢出一句话："你出去，这里我来处理。"

"我在这里，他才会心安。"娇小女子不依。

"你是什么身份，留在这里干吗？再不出去，我就把你打出去。"黄衣女子勃然大怒。

娇小女子也不甘示弱驳斥道："你敢打我？警察在这里呢！"

这时喘着大气的壮汉骂了一句："你们不要在这里闹了好不好！"

黄衣女子这时扯开嗓门喊叫："姐夫，你别管。"然后转身

一把抓住娇小女子的手臂，"你真是不要脸，还敢在这里丢人现
眼！"边骂边使劲地要将她拽出去。

风医生看着这场闹剧，心想：敢情这是小姨子对付小三儿
的剧目！？心中不免抱着看戏的想法，暗笑，之前只有犀利人
妻，这回，连小姨子都犀利起来了。

接着只见二女扭打成一团，娇小女子吃亏在个子小、头
发长，被那黄衣女子抓得"啊——啊——"大叫，毫无反击之
力。一旁的两位警察连忙上前拉开二人，在一阵叫嚣声中，将
两名女子都抓了出去。

壮汉看到这番景象，躺在床上用双拳猛打自己的头，口中
也不停地"啊——啊——"乱叫。

风医生见护士长张大了嘴愣在那儿，便走过去拍拍她的肩说："我先把药开好，等下这个病人结完账，你让他带些止痛药回去好了。"

护士长这才回过神来，手指着门口说："可是，刚刚打架的那两个女的呢？"

风医生耸耸肩，笑笑说："我们能怎么办？我们只负责医疗。这男的没受伤，没有哮喘，血压也是正常的，其他的……就不是我们能管的了！"

风医生原本以为这只是单纯的酒驾，才引起病人装疯卖傻，因为这种情形在急诊室很常见，肇事者为了表示自己也是受害者，往往会说自己头晕、胸闷或者想吐，希望借由身体的不舒服避开警察的酒精检测，或者事故受害者的打骂。但今晚这故事情节背后还有"小三儿不小心被曝光"的环节，风医生不禁暗忖：一个酒驾，还把小三儿给抖了出来，这肇出的事可真不小呢，难怪要换气过度了！再回头看看那名壮汉，风医生摇摇头，缓缓地走向另一区继续看别的病人了。

大家都觉得关说是不好的行为；可是，当遇到状况时，大家又都会很想借关说来得到一些便利或好处……这就是现实社会！

# 谁来关说

周医生正在听一名中年男子的主诉……

"我们员工到高雄旅游，第二天早上我就突然抽搐，失去意识，被送到高雄荣民总医院后才醒过来。他们把我收住院，做了CT，然后叫我回这里做脑波[1]。"病人旁边围了三个同事，七嘴八舌地描述五天前在高雄发生的故事。

周医生仔细问了一些发病过程和病史，说道："这样看起来，我觉得你这是'酒精戒断综合征'呀！你在高雄荣民总医院的时候，有听医生说过这个名词吗？"

"有啊！"病人回答，"可是他们没有第一时间帮我做脑波的脑电图，所以我要回这里住院做检查。"

病人一副理所当然的表情，让周医生苦笑了一下，"这种状况，通常在7天后就会慢慢消失，但前提是你不能再喝酒了。以后只

[1] 脑波：亦称"脑电波"。通过脑电图的检查方式，针对癫痫病、脑血管等疾病的检查。

要再喝酒，这个恶性循环就又会开始。"周医生顿了一下，接着又说，"住不住院倒是其次，重点是要戒酒！"

"可是，我们是来给他办住院的呀！"旁边的同事们争相说道。

这时其中一位同事的手机响了，那人说了几句话后，便将手机拿给周医生，说："对不起！医生，有人要跟你说话。"

周医生拿着手机"喂"了一声，只听见电话另一端传来一个大大咧咧的女子尖声地说："张医生啊，我是董事长夫人的妹妹！现在这个病人马先生是……"

对方话还没说完，周医生就打岔说："你弄错了，我不是张医生。"

那女子愣了一下，问："啊！那……张医生呢？我要跟他说话。"

"这里没有张医生，你查清楚了再来问。"周医生冷冷地说完话，便将手机还给那位同事。

他转身对病人说："我会先帮你做一些初步的检查，如果有需要，会再安排你住院做进一步的检查，好吗？"病人和他的同事们都点头同意。

周医生在开完检查单之后，随即联系神经内科的医生，在跟他说明病人的状况后询问："高雄荣民总医院的转诊单上也是写'酒精戒断综合征'，我不知道你要不要收？但刚刚有个号称董事长夫人的妹妹来关照过了。"神经内科的医生一听，便说先来急诊室看看病人再决定。

真是……

陈医师？
张医师？

周医生知道，只要有人关说，通常要住院就比较没问题；关说的层级越高，住院的速度就越快，甚至不用等急诊的检查报告就可以直接去病房！但这个什么董事长夫人的妹妹，连医生姓什么都搞不清楚就来关说一通，未免也太过分了吧！甚至连"急诊室根本没有姓张的医生"这件事都搞不清楚，就打电话来关说，真是没礼貌！

周医生正这样想着，突然又有一个电话打进来……"周医生，我是院长室的庄秘书，听说有一个从高雄荣民总医院转过来的陈先生，我想让他……"

听到这里，周医生忍不住打断他："这位庄秘书，你要'关说'至少也查查清楚吧！这病人姓马，不姓陈。"

"哦，那我大概是听错了！请你先安排这个病人住院。"

"我已经联系神经内科医生了，他要先来会诊看看再说。"周医生说明情形后，忍不住继续说，"还有，你们以后要来关说，至少先弄清楚病人是谁好吗？不要别人一拜托，你们就不分青红皂白地来关说住院，尤其你也知道，董事长的朋友很多都是一些地痞酒鬼，或垃圾混混，没几个像样的好东……"说到这儿，周医生突然惊觉，自己是靠人家找到工作的，怎么可以讲出这个秘密呢？于是立刻住嘴，把这些平常同事之间讨论的话题给吞下肚去。

大家都知道董事长的朋友多是三教九流之辈，但说归说，只要那些人一来，打着"我是你们董事长的朋友……"的旗号，急诊室的医护人员还是会表面上恭恭敬敬地接待。有几次董事长还打电话来说："那个人其实我也不是很熟，你们自己看着办，该住院的住院。"冲着董事长这么平易近人的态度，跟员工说话也都和蔼可亲，大家对他的朋友还是可以忍耐一下的；但是这种"院长室的某位秘书"，或者什么"董事长夫人的妹妹"，常常是"狐假虎威"，利用裙带关系"假传圣旨"，明明病人的状况不严重，却可以得到比严重病人更快的住院流程待遇！这一点儿，一直是周医生很不喜欢的地方。

但"关说文化"是医疗界不可或缺的要素，毕竟医护人员彼此之间也需要互相帮忙，谁也不能保证哪一天你需要别家医院的同事帮忙弄一张空床，或是多多关照自己的亲人一下……因此同事的亲朋好友生病了，打声招呼，总是可以得到比较亲切且迅速的照顾，这是无可厚非的。最讨厌的是那种八竿子打不着的关系，就贸然打电话来关说；然后在态度上，"关说者"无礼、"被关说者"耍大牌，这就会让医护人员发出如同周医生之后的唠叨……"我在这儿干了快二十年，也是骨干了，她却连我是谁都还搞不清楚，就敢来关说，真是的！"

已经不止一位身为老师的朋友跟我诉苦，说："现代人师难为。"其实，我在医院也遇到好几次……都是，您真的辛苦了！

# 老师，您辛苦了！

　　前几天寒流过境，好不容易今天放晴，病人立刻如雪片般涌进急诊室！摩托车骑士们也奋勇地玩命互撞，因此当花医生和风医生上班时，急诊内外科同时忙到爆，大家都快抓狂了，却谁也无法帮谁。

　　到了傍晚，花医生的外科忙碌状况略有好转，于是他想去内科帮风医生的忙。但他才看了两个病人，就听到一名男子在检伤站咆哮："我要来验伤，我一定要告那个老师！"花医生趋前一问，原来是他那8岁的儿子在学校里调皮捣蛋，当天作业又没交，于是被老师用木棍打了右手手心一下，回家后疼到不能拿碗吃饭。

　　"老师打了他右手手心一下……"花医生听了爸爸的叙述后，心中泛起"小题大做"的想法，便试探性地问："一下还是好几下？"

　　爸爸很生气地说："他说打了一下啊！可是我儿子整只手都肿起来了，还黑青，刚刚要吃饭时连碗都不能拿了！"

　　花医生拿起小朋友的手来看，两手相比，右手掌确实是稍

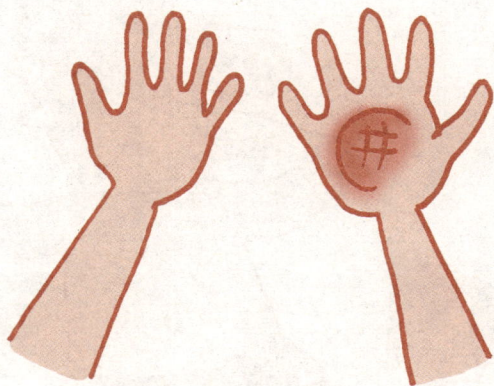

微肿了些，微红，但没有黑青或瘀血。于是，他安排小朋友做了些检查，发现小朋友右手的感觉和运动功能都正常，握力也没问题。

他问孩子爸爸："你小时候都没有被老师打过吗？这样看起来只是轻微挫伤，很多人应该都有这种经验吧！"

谁知这个爸爸一听花医生这么说，气呼呼地说："你怎么可以这么说？我以前就是被老师打，都不知道要做检查，长大后两只手都不灵活，去做检查，医生才说我是小时候的旧伤引起的！我现在可不想我儿子也被这样伤害。"

花医生知道和这种爸爸无法沟通，便依照他的要求帮小朋友拍X光，并用相机拍下略微红肿的手掌。

X光的结果当然是正常，没有骨折、没有脱臼。花医生解释完，略带讽刺地跟这位爸爸说："你要不要去跟老师说，以后请他不要碰你儿子啊！"

"我要告那个老师，伤害我儿子！"这个爸爸还是怒不可遏地骂道。

"可是，我们小时候也都常常被打啊，我曾被打得竹子都断了呢！"

"那是以前的人笨，都被老师乱打。今天要是你儿子被老师这样打，你还会这么说吗？"说完，便带着上面写着"右手掌挫伤"的诊断书离开了医院。

花医生想到以前的人真的比较尊重老师，小孩子在学校被打，回家如果告状，往往会被家长再打一顿！现在的父母则太保护小孩子，只被打了一下手心，都不考虑是不是小孩子犯了什么错，就先要告老师"不当处罚"。

虽然韩愈的《师说》中讲道："师者，所以传道授业解惑者也。"亦即当老师的，其实不需要体罚学生。所以在花医生儿童时期的那个年代，家长太过严苛和老师双管齐下的教育理念，的确让当时的小孩子很受委屈；但现今的保护主义则又太过，亲情凌驾于学校教育，将来小孩子的人格发展和是非观念都扭曲了呢。即便不说将来，以现在的社会风气来说，老师的地位已经一落千丈，不再受到家长的信任与尊敬，连简单惩罚一下都会被告，这样以后哪个老师还愿意教育学生呢？

花医生看着那位爸爸扬长而去的背影，想起自己当年被老师打得那么惨，不禁悲从中来，在急诊室里号啕大哭……"当年要是我每次被打就去告老师，那不知道可以赚到多少赔偿金！说不定老早就致富了，现在也不用这么辛苦，还时不时要在急诊室里跟一群酒鬼疯子周旋了！"

当我们不慎从高处坠落，后果有的严重，有的轻微，有的弄假成真，有的似真似假……无论悲喜，都值得警惕！

# 高处坠落

"你确定是从二楼'咚'的一声跳下来的？"我不敢相信地问病人。

这是一个46岁的中年女性——刘小玲，她是急诊室的常客，每次都是睡不着或者心情不佳就来急诊室打针。（对！没错，她是我们的"牛肉粉丝"之一。）这回她半夜来，本来主诉是睡不着，心情不太好，有点儿想吐……因为后半夜里病人比较少，我有时间听她絮絮不休，谁知，她接着说到跟先生又大吵一架，转啊转的，竟然冒出："所以我就跳楼，从我家的二楼跳了下来。"

"你确定是从二楼'咚'的一声跳下来的？"依照我对她的熟悉程度，有时候我的用语会带点戏谑性，再加上一个"跳下来"的动作。

"对！"她表情认真地学着我的用词，重复了我的问话，"我就是从二楼'咚'的一声跳下来的。"

听了她的叙述，我很快帮她做了身体的基本检查。我基本上是完全不相信她说的话，因为她的头颈部、背部、臀部、双脚都没有红肿，也没有明显的压痛感。不过我还是根据她的描述，帮她拍了"号称疼痛部位"的X光……结果可想而知，骨头都是完好的，而她也可以平稳地在急诊室里走来走去；最后终于在一针镇静剂下，心满意足地回家了。

不过，"高处坠落"这样的事件，在宜兰地区倒是很常见，平均每2～3个外科诊室里，我就会遇到一位从高处落下的伤员。就这个情况我和同科学长讨论后一致认为，以前在医学中心看到这种伤员比较少，一来可能是因为医院地理位置上的特殊，外伤病人相对就少，二来是因为公共安全防护做得比较好。

在宜兰，家里屋顶漏水，常常要补修天花板，很多人都会自己上去修理，别说安全绳了，可能连梯子都没有，往往就直接半爬半跳地跃上屋顶。于是不时可见从一层楼，甚至从三层楼上掉下来的伤员。

还有使用那种"人字梯"的，当要移动位置时，准确来说，应该是先爬回平地，挪动"人字梯"，再重新爬上去；但这里许多工人或师傅，为了省时间，往往就双脚夹住"人字梯"，平行移动，于是，隔三岔五就会有人从"人字梯"上跌落的事故发生；严重程度，就看"人字梯"的高低以及坠落时撞击的角度了。

在都市，一些要跳楼自杀的人，可能大部分是要吓吓家人，寻求一个关心和注意；在这里，却有可能是真的跳下来。最经典的代表，莫过于一位将近40岁的王美女！

这人是我们急诊室的"无敌常客",几乎每天都来！（对，又是一位"牛肉粉丝"。）有一次她和女儿吵完架，就爬上五楼的阳台，扬言要跳下来。她女儿报警后，消防人员急忙赶到，一面架起充气垫子，一面打心理战喊话安抚她。不料，过了几分钟，她"咻"的一声，从五楼跳了下来，落在四楼的遮雨棚上；这位大姐很神奇，竟然在遮雨棚上转一圈后，继续往下跳，落在还没充完气的垫子上……结果腰椎骨折，下半身瘫痪；经过紧急手术及数个月的复健，现在可以不用拐杖，自己慢慢行走了。

后来问她为啥跳楼，她很激动地说："我看那个气垫床明明就充好气了，我才跳下去的。谁知道他们才充到一半，居然都不提醒我还没充满气！"

天啊！原来是误判充气垫的乌龙闹剧！因为那种气垫在最初打气时，中央会先膨起来，所以导致她误判，以为已经充满气了！现在，她除了"睡不着"之外，又多了一个理由来急诊室——背痛！这碗"牛肉粉丝"，看样子有得吃了！

另外，常驻急诊外科的同事告诉我一个神奇事件：

有一个男精神病人和女朋友吵架后，从三楼跳下来，落到一楼时，竟然没受伤；于是又走回三楼，再跳一次，还是好好的！他总共跳了5次，终于因为太累了而坐在地上，由消防救护人员强制送来看急诊；经检查，居然只有双足挫伤，脚踝三角韧带扭伤，完全没有骨折，堪称硬汉一枚呢！

当然，从高处坠落的伤员，对急诊科医生来说也是挑战之一；除了骨折之外，内脏破裂是我们最担心的。我记得有一个病人是我交班给同科的学长，那位先生在工地不小心跌下来，大约有两层楼（6米）的高度。第二天学长跟我说，做了CT检查后，发现伤员的左肾断成两半，由泌尿科医生开刀治疗，然后收住加护病房。

高处坠落由于伤害很大，所以常常会死伤惨重；尤其大部分是年轻人或中壮年人受伤，对社会而言，损失更大。总之，我提醒高空作业者，安全措施一定要切实做好！除了围栏、安全绳之外，自己要随时提高警觉；千万不要喝酒，以免不小心坠落，从此人生变成黑白的。所谓"一失足成千古恨"啊！

我们常讲"家家有本难念的经",可是,有些家庭,全家每一个人都是一本很难念的经啊!

# 社会一隅

"啊！吴美美死了！？"陈医生在听到护士小婷说到这件事的时候，有点儿惊讶！

旁边另一位护士小莉补充说："送来的时候心跳和呼吸都停了，帮她插管急救，三十分钟后还是没有ROSC[1]，所以张医生就宣布死亡了。"

说起这个吴美美，全急诊室没有一个人不认识；这小镇上的吴姓一家人在我们急诊室更是颇有名气。因为这家人不是酗酒，就是患有精神病，三天两头的，一下子是吴美美精神病发作，大吼大叫被五花大绑地送来；一下子就是哥哥吴英雄喝酒过量，神志不清，坐救护车来。本以为他们家的吴小妹最正常，谁知上个月竟也因为服用安眠药过量被送来洗胃……而他们的爸爸——吴天才，更是隔三岔五就因为失眠而跑急诊。

[1] ROSC：Return of Spontaneous Circulation 的缩写，意为恢复呼吸与心跳。

有趣的是，这家人很有默契！某个人被送急诊的时候，其他人总能保持清醒，陪伴在侧，所以就医过程很平顺，没什么纷争，甚至几年下来，他们和急诊室的医护人员都混熟了。每次清醒的那个人，总会用很抱歉的表情来跟医护人员说明事发经过（这时候，发病的那个人往往正在鬼吼鬼叫，和医护及警察拉扯扑抓）。

当知道吴美美这一回可能是因为"药物过量＋喝酒＋在家躺了一阵子才被发现"，以致送到医院前就死亡了，急救无效……陈医生感到有一丝怅然。这一家虽然都不算是什么好病

人，发病的时候也常常在医院闹得人仰马翻，但毕竟认识他们好几年了，乍听她的死讯，说不感伤是不可能的。

随即陈医生又想到当年有个中年女子叫王美女，也是常常闹自杀，甚至跳楼跳到腰椎骨骨折。几经救护，总能顺利愉快地出院，然后等着下一次的精神病发作。结果有一次，她真的成功了——在某栋大楼上跳楼自杀，从此急诊室没了这号人。

就在陈医生还沉湎在这些精神病人的往事里时，护士小莉又说了："可是啊，吴天才却在他女儿头七那一天，来跟医院借十万块，说是要当丧葬费。"

"啊！我们医院这么慈善，还有这种福利措施呢？"陈医生惊讶地问，突然对于身为这种医疗团队的一员感到一丝骄傲。

"当然没有啊！"在陈医生顿时泄气中，小莉接着说，"医院跟他说，我们没有这样借钱给人的。结果，吴天才竟然一纸状告到上面，说我们没有帮他女儿做急救，也没抽血看看是不是中了什么毒才死掉的！"

"都还在做心肺复苏，怎么抽血啊？"陈医生哭笑不得地说。

"对啊！一开始医院也是这样回答，但是听说吴天才打了六十几个电话给政府各单位，最后，上面莫名其妙地来了一份公文，要我们好好解释：为什么做心肺复苏的病人没有抽血！？"

陈医生听到这儿，愣了一下说："嗯……我觉得吴天才还情有可原，他本来就有点儿精神问题，现在女儿又过世了，难免会有一些意气用事的举动；但政府官员怎么会因此来问医院呢？这种常理以及这些常规，政府不可能不知道啊！"

"政府应该也是受不了吴天才一直打电话骚扰，才把问题又抛给医院，希望由我们来跟家属解释。不过，话说回来，既然公文来了，医院就必须很正式地回答……"小莉拿出一份资料继续说道，"那天帮她做心肺复苏的张医生请长假，出国了，要到下个月初才回来，所以主任说，就请陈医生你帮他回复这一份公文。"

陈医生惊呼："啊——什么？事情跟我有关？"

明明是抱着"跷二郎腿，吃爆米花"的心态来听听茶余饭后的人，现在却变成当事人了！

小莉笑着说："事情原本跟你无关，但因为张医生的职务代理人是你啊，所以你要帮忙回复公文。啊，对了，医院还说，请你要'引经据典'地正式回复，不要有任何情绪性的用字！"

陈医生忍不住当场哇哇大叫："我的天啊！这吴天才根本是个不要脸的人嘛！要钱要不到，就来告我们；政府官员也是一群领薪水不做事的，这种事居然挡不掉，还要推给医院处理，这样以后我们不用再缴税养他们了……"

小莉将公文放下后便微笑离开，并随手将门带上，留下陈医生在房里一边咒骂，一边开始低头写公文……

第四章
# 不正经篇

"无性生子"神迹出现了！？

急诊科医生为防止暴力事件、为求自保，平时勤练九阳神功、忍术……个个都得身怀绝技！？

别说不正经，真实事件的离谱程度，有时比想象中的还夸张！

急诊室的暴力事件层出不穷，当公权力无法真正为医护人员伸张正义时，他们该怎么办？

这些暴力事件的原因，是"急诊科医生没素养"才引起的吗？

医院的防护设施，到底有没有帮助？

# "急诊暴力随想曲"

## 🎵 第一乐章：大家都是武林高手

张医生带着新来的简医生进入急诊室向其介绍环境。

介绍完毕，简医生问："学长，听说你们现在都要学武功，真的假的啊？"

"当然是真的啊！我昨天已经练完伏虎罗汉拳，老师说我下礼拜可以开始练九阳神功了。"张医生充满自信地微笑回答。

"不会吧？真有这个必要吗？"简医生觉得不可思议，连连惊呼。

张医生拍了他肩膀一下，说道："学弟，相信我，在急诊室这种地方上班，没有三两下子，哪能上梁山？"他顿了一下，指着护士站旁边的墙壁，"来，你来看看这一道墙……"

简医生一看，墙中央破了一个人形大洞，他等着张医生来解答。

"前天有一个酒鬼受伤，负责外伤区的田碁医生就坐在这张矮凳上帮他缝小腿上的伤口……"

"然后就被那酒鬼一脚给踹出去了？"简医生一脸惊恐的表情。

"不，那酒鬼嫌田医生的麻醉药打得不够多，害他很疼，就一脚端向田医生；还好田医生反应快，立刻抛下手中针线，双手一推，拍出'蛤蟆功'……"简医生惊讶得张大了嘴，继续听着张医生眉飞色舞地说，"那酒鬼啊，连人带针被轰到墙上，破墙而出。嗯，就是这个洞啦！"

　　简医生失声笑道："那，那不用赔偿吗？"

　　张医生笑着说："赔什么？这是防卫性出手；而且病人是臭名昭著的酒鬼，连家人都不理他了，有什么好赔的！"

　　简医生小心地问："那么……嗯……我们不是还有个瘦瘦的李茵茵学姐吗？她也练武功吗？"

　　张医生一派自然地说："李医生当然也练啊！她可厉害了，

两周前，有个精神病患者，说他被"哪吒三太子"附身，就拿刀架住我们一位护士的脖子，要我们提供他风火轮让他离开。警卫都不知道该怎么办，结果李医生当场使出九阴白骨爪，不但空手夺白刃，还抓得那个精神病患者两颊各有五道爪痕。那家伙受此重创，当场傻在那儿，警卫才趁机上前制伏他。"

简医生露出崇拜的表情继续问："学长，那你呢？你有遇到过这种暴力事件吗？"

"怎么没有？"张医生指着自己的左眼说，"你看看我的眼睛……"

简医生上前仔细一看，失声尖叫："啊！学长，你的左眼是假的！？"

"是啊！去年我学艺未精，没警觉到有个小混混会来闹事，结果被他一刀戳到左眼，就这样毁了。"

站在一旁的护士小莉插嘴说："可是张医生很神勇哟，他一边不顾眼睛流血，一边抓起点滴架，使出'迎风一刀斩'，砍向那个小混混的右颈，当场斩得他第四节和第五节颈椎骨骨折，从此瘫痪了！"

"哇。这样还是不用赔偿吗？"简医生害怕地问。

张医生和小莉异口同声地反问道："赔什么！？"

张医生继续说道："这是防卫性出手啊！更何况，我的眼睛也瞎了呀！"

小莉接口道："而且啊，第二个月，警察局局长还颁发一个'为民除害'的奖牌给张医生呢！"

　　"你看……"张医生得意地从衣领中掏出一条链子，上面有一块小木牌的坠子，四个金光闪闪的字"为民除害"就刻在正中央。

　　简医生拿起坠子端详着，正在欢喜赞叹的时候，突然旁边一张桌子动了起来，简医生惊叫一声，往后跳开两步。

　　张医生笑道："别怕别怕！这是归医生伪装的。"

　　只见那张桌子突然站了起来，变成一位笑嘻嘻的胖胖医生。

　　"这是新来的简医生吧？呵呵。"归医生伸出手和简医生握手问好，"我比较不喜欢和病人正面起冲突，所以当初选择学习忍术。遇到暴力事件，我就立刻伪装起来，便不会被打了。"

此时，门口的保安突然冲进来，叫道："不好了，不好了，外面聚集了一二十个小混混，说是来堵哈利医生的。"

只见张医生微微一笑，挥挥手说："哦！没事的，一二十个小混混还难不倒哈医生。"

简医生好奇地问："这位哈医生的武功更高强吗？"

张医生解释道："不，他跟我们这些普通人不一样！他是有慧根的，所以学的是'魔法'。"

"啊！魔法！？"简医生的下巴差点儿掉下来。

保安还是很紧张，嗫嚅着说："可是，我看他们有些人好像有带枪啊！"

张医生拍拍保安的肩膀，微笑说道："别担心他了，让我先跟归医生交班，等会儿请你通知警方，来带走外面那些垃圾小混混。"

话刚说完，就听到门外的哈医生怒叱一声："去去武器走！"在众人的惊呼声中，又听到他高呼"嘶坦三步杀"！

张医生气定神闲地对着简医生说："听到没？这回，你相信当一个急诊科医生，要具备足够的自保能力了吧！"

简医生用充满钦佩的眼神看着张医生，说道："没想到是真的……"他吸了一口气，握紧右拳，满心期待与兴奋地说，"学长，我今晚就要去你们学武的地方，缴费上课。"

## 第二乐章：医生也疯狂

前提：某大医院的黄副院长，投书在《水果日报》，声称："当今急诊室的暴力事件频发，是因为急诊科医生普遍缺乏专业素养，能力不足以守护急诊。"并上书给地方政府和相关卫生部门"要求取消急诊专科医生制度"。急诊医学会采取息事宁人的态度，选择沉默以对；没想到数月之后，还真这么实施了！从此各家医院的急诊室便由各科医生轮值，原先那些急诊专科医生的从业证书被废除后，便四散到其他各科，当起住院医生，重新训练。

半年后的某一天……

原本有急诊专科资历的张医生，坐在何幸医院的餐厅，何其有幸地与一群总医生们共进午餐……

"张医生，你现在在病理科还好吧？"座中，肠胃科的杜总医生开口说话。

张医生吞下口中的黑咖啡，苦笑着说："很好啊！至少再也不用接触病人，不会被打被杀了；每天就看看玻片、发个报告而已。"

杜总医生说道："是啊，你现在轻松了，但我可惨了！"

"怎么说？"发问的是皮肤科的黄总医生。

杜总医生解释道："以前急诊室有他们上班，过滤掉好多病人，最后会收到我们科的，都是真正该住院的病人；现在没有了他们，只要肚子疼的，吃不下饭的，或者拉肚子的，急诊护士一律都直接叫我们过去。我真不敢相信，每天竟然可以被叫五十几次！我都差点儿想直接进驻急诊室算了。"

张医生低声说道："这很正常啊！以前我在急诊室上班最常见的几种病人，就是发烧、头晕、腹痛和胸闷这四大类病人。"

神经内科的饶总医生也接着说："对啊，我现在也很衰，每天要被急诊那边叫过去二十几次，烦都烦死了！尤其那些头晕的，有一半以上根本是神经病！明明来门诊看就可以了，每个都跑去急诊，害我一方面要看住院的中风和癫痫病人，还得不停地下楼去急诊看病人。"

看得出来，饶总医生的白头发明显变少了，因为越来越秃！

此时，张医生心里感到一阵辛酸，心想：以前这种病人是同一时间里来一堆，还不都是我们自己处理掉！真正需要住院的才会找上你们。当初急诊专科医生制度被废的时候，你们不是都在那边幸灾乐祸吗？现在自食恶果了吧！活该！可是嘴巴上却说："医疗是一体的，大家都是为病人好，也不用抱怨啦！"

突然，皮肤科黄总医生接起手机，十秒钟后，皱着眉头对着手机那端说："这种状况怎么是找我呢？"挂了电话之后，他对大家说："奇怪？急诊室说有个病人冒冷汗，右手紧抓领口，一副说不出话来的样子，叫我过去看看。"

一众总医生异口同声道："冒冷汗为什么要找你？"

"他们说，汗是从皮肤出来的，所以算我的！"

在众人一阵错愕中，黄总医生悻悻然地丢下餐盒，冲去急诊室。

大约五分钟后，耳鼻喉科的侯总医生的手机响了……

他接了电话，没问两句便挂了，嚷道："真烦人，急诊室说那个病人讲不出话来，院长说可能是声带出了问题，要我下去看看！"

众总医生齐呼："院长？院长也在急诊室！？"

这时，广播器传出："急诊999！急诊999！请所有当班总医生迅速至急诊室。"

众人一听，赶忙下去，只剩张医生优哉游哉地一边继续用餐，一边暗忖：冒冷汗，抓胸口，说不出话来，大概还是得考虑比较严重的情况，像是急性心肌梗死，主动脉剥离，或者是肺栓塞，当然也有可能是急性咽喉炎，或异物梗塞吧！张医生一边想着可能的鉴别诊断，一边暗自幸灾乐祸，以前只要急诊科医生一个人加上几位护士就可以搞定，现在却要所有总医生一齐下去，这就是黄副院长的"德政"呀！想到如今自己是病理科住院医生，再也不用管急诊的事，他也乐得轻松，愉快用餐。

在急诊室里，只见黄总医生写下他的会诊记录：冒冷汗，原因待查；侯总医生也写着：疑似声带部位麻痹。其他总医生则在一旁七嘴八舌，没有被点名的话，无人敢出手做处理……他们终于知道院长也在这儿的原因了——病人是黄副院长！

只见黄副院长双眼上翻，嘴唇发白，两手无力地摊在身旁……

"神经内科的总医生来了没有？"院长急着叫骂，"黄副院长意识变差了，你来评估啊！"

"院长，他好像呼吸怪怪的……我们要不要先给他插管？"神经内科的饶总医生建议。

"要插管！？那……胸腔科的来了没？"

"是，院长，我立刻给黄副院长插管。"费总医生赶紧跳出来。

这时，一旁的小护士一边准备插管的器材，一边大胆地问：

"请问，我们要不要量血压，做心电图检查啊？"

几位内科总医生这才想起来，黄副院长从他的办公室里倒地后被送到急诊室，到现在大约十五分钟了，生命征象完全没评估，呼吸道什么状况也不知道……大家的ACLS[1]技能早就忘光光了。反正现在也没有哪个单位会盯这一张证件，于是所有急救处理的方法都忘了，也不记得要从何处下手。

负责"家庭医生"工作的郝医生赶忙上前帮忙量血压。不一会儿，他吞吞吐吐地说："院长，血压好像……好像量不到！"

就在大家手足无措之际，突然一阵救护车的警笛声传来，五分钟内连来了三辆救护车，总共送进来四位食物中毒的病人以及两位车祸伤员……这么一来，急诊室立刻人仰马翻，所有护士都忙成一团；肠胃科的杜总医生和骨科的段总医生手忙脚乱地处理那六位新病人，其他总医生则站在一旁，不知该如何出手帮忙。

[1] ACLS：Advanced Cardiac Life Support的缩写，意为高级心脏救命术。目前大多数医院是由急诊专科医生接受专门训练，取得相关职业资格证书后，再对其他各科医护人员进行这一项急救作业的指导与考核。

"这是世界末日了吗？"院长见这情景喟然长叹，"以前的急诊科医生是怎么处理的？你们在病房当班的时候，难道都没有处理过这种状况吗？"

没有一个人敢回答院长的问题，大家都默然不语。

精神科的风总医生鼓起勇气，大着胆子回答："报告院长，我们在病房没有遇到过一次来这么多病人，或状况这么差的病人！病房里如果有像黄副院长这样的状况，老早就转去加护病房，不用我们处理的。"

此时，费总医生插好气管导管，接上呼吸器……

"院长，我们要不要找心脏科的医生来啊？我觉得，黄副院长说不定是心脏衰竭了！？"

众总医生听到费医生这么说，有一种"又找到替死鬼"的如释重负感；院长也如梦初醒，嚷道："对啊，心脏科总医生为什么没来？"

小护士赶紧回答："刚刚叫了，可是他在看门诊，说无法过来。"

众人一听，又是一阵黯然，因为不知道院长会抓谁当下一个倒霉鬼！

这时护士长突然惊呼："啊！心电图刚刚还在跳，现在是一条直线了！"

费总医生大声叫道："啊！心肺复苏！"立即上前开始做胸外按压。

就在众人陷入一阵混乱时，黄副院长的魂魄缓缓地从体内飘起。他回头看着自己的躯体，任这些不熟悉"标准且迅速急救作业"的总医生摧残，不禁悲从中来……

"我当初干吗因为ACLS没考过，就痛恨急诊科医生，处心积虑地要把急诊专科医生给废除掉，以显示我个人的权威呢？"

老泪纵横中，黄副院长想到"老魔王"曾经骂他的话："你利用个人声望和政治权力，毁掉了大家努力建立起来的急诊医学，这比肢体上的暴力行为还要暴力！"

黄副院长知道为时已晚，自己一手造成的错误已无法挽救。没想到当初大力倡导"取消急诊专科医生制度，由各科总医生到急诊室看病"[1]的观念，原是希望让病人由最正确的医生来诊断和治疗，以提高医疗水平，却没想到，急诊病人的主诉五花八门，检伤站根本无法在短时间内立刻判定科别。这半年来，已经把各科总医生搞得人仰马翻，他们每天待命，随时得下到急诊室给病人看病，却往往看了半天才发现这属于另外一科总医生该看的。结果，是花了更多的值班钱，得到最差的效果。

如今自己出问题了，才理解到，没有一

[1] 急诊科医生在诊疗病人之后，如果需要其他科室的医生来做进一步的检查和处理，往往需要会诊其他科室的医生，这时候才是那些专家出场的时候。各科有各科的专长，在急症处理上，急诊科医生的训练还是比较专业、完整的，而且在执行上也会比较直接。

位综合性急诊科医生先把关，是多么危险与恐怖！想当初，自鸣得意地删掉急诊科的医生群，到头来，却是自己深受其害。如今，只有含恨抽泣，魂魄飘荡，飞向无间道……

## 第三乐章：都是电动门惹的祸

面对急诊室暴力事件的因应之道，急诊医学会采取"管制措施"——也就是所有急诊室都改为"封闭式环境"，在所有进出口都加装电动门来管制，据说这样可以管控进出急诊室的人数，以减少急诊室暴力事件。在某个县市，号称规模第一大的"欢乐大医院"，自然也不能例外，不但加了电动门，还必须按正确的密码，门才会开启。

装好电动门的第一天，张医生早上七点半来上班，便被卡在门外……

事先没有人告诉他今天装了管制电动门，只见他对着电动门正上方的传感器喊着："芝麻开门。"没有反应。他又喊："我是张医生。"门还是没开。看到旁边有按键，张医生按了自己的医生号"5566"，再按确认键，没开；改按医院紧急呼叫最常用的"6969"，再按确认键，电动门依旧不动如山。这个时候，急诊室内的护士正在交班，没人发现张医生进不来……

张医生火大了，怒骂一句："我X，你开不开？"

此时，恰好医院的书记小姐要从里面走出来，电动门应声开启……书记跟张医生道声早安，只见张医生喃喃自语："密码竟然是这句话！这个社会真的病了，连电动门都这么犯贱！"

上夜班的陈医生一看到张医生走进来，立刻说道："学长早！哦？你怎么知道电动门的密码啊？"

张医生说道："我不知道啊！我只是说了一句'我X，你开不开？'它就开了！"

陈医生哈哈大笑，说道："学长，不是，那是刚好有人走出去，感应门才开的！你要按密码"2266"，再按确认键，门才会开。"

"干吗搞得这么麻烦！？"张医生不解地皱着眉。

两人迅速交好班之后，陈医生回家，张医生则先行查房。

忽然一阵喇叭声响起，一辆小客车风驰电掣般开到急诊室门口，只听外面有人大喊："这个门怎么开啊？"

检伤的护士美芬赶忙上前说："病人要先来检伤，不可以直接进去。"

那人怒道："人都没呼吸了，你还不快来急救？"

美芬一看，那人手上抱着的小孩，的确是脸色青紫，于是立刻按下密码，电动门缓缓开启……

"这么慢的门，在搞什么鬼啊？"那人破口大骂，接着用脚一踹，门竟然卡住了！

美芬二话不说，立刻将小孩抱过来，从已开启的狭窄门缝中钻进去，并大喊："儿科急救室！"张医生一听，立刻跑过来进行评估处理。

"你们要是没救活我儿子，我一定要告你们设这种门，耽误我儿子的急救!"小孩的爸爸一边跟上，一边怒骂。

刚刚卡住的电动门，竟然瞬间恢复，又缓缓关上了。

此时紧急救护系统的广播器响起，"载送打架伤员三名，五分钟后到达，请贵院做好准备。"

不一会儿，就在开始帮那位小孩做心肺复苏的同时，救护车抵达了。只听见乒乒乓乓的撞击声……原来两辆救护车里的三名伤员，一下车，就又在检伤站打了起来。

警卫连忙出来制止，好不容易拉开了三个身上刺龙刺凤、满嘴槟榔渣和酒味的年轻人。

护士长叫道："喂，你们救护车怎么把人都一起送过来了？也不分一位到别家医院去……"

在消防救护人员和医院警卫的介入下，三个年轻人分别被抓在检伤站量血压……问了他们所属的"战队"后，把其中两个（同一"战队"的）先送进急诊室。

"还好有这电动门，等会儿可以隔离一下。"过电动门时，护士长自我安慰。

不料，突然从大门口冲来六个黑衣人，护士长见状，急忙把那两位伤员先推进急诊室，正祈祷电动门赶快关起来时，那群黑衣人已经来到门边。

说时迟那时快，电动门已经关到剩下不到30厘米宽的通道，只听得一阵谩骂后，那电动门竟被踹倒，门上的玻璃也被黑衣人用榔头击碎，两扇门就歪歪地躺在一边，在吱吱声中，门角还微微地晃动了几下。

护士长惊声尖叫："救命啊！"双腿一软，坐在地上。

那两名刚进去的伤员，见到六个黑衣人冲过来，也立刻拔腿就跑；经过另一道电动门时，还没等电动门完全开启，便直接踹门而出。于是，就这么二前六后，八个年轻人从另外一道电动门飞奔而出，留下满脸惊慌的所有医护人员以及第二道"两扇歪倒在一边，奄奄一息"的电动门。

急救室里的那个小孩，是因异物梗塞造成窒息，幸好家长发现得早，所以做心肺复苏一分钟后就恢复了心跳，从咽喉处抽吸出一团泡芙后，插上呼吸内管并接上呼吸器，不到三分钟，小孩脸色恢复红润，微微睁开眼睛，身体开始缓缓扭动。张医生跟那位心急的爸爸解释病情后，建议服用抗生素预防引发吸入性肺炎，再打一点儿镇静剂让小孩睡着。等爸爸办妥入住加护病房的手续后，张医生才缓缓走出来。

看着一片凌乱的现场以及呆若木鸡的护士长，张医生冷冷一笑，说道："这电动门，除了耽搁我们医护人员的进出之外，到底有没有保护能力啊？"

众人摇摇头，没有一个人说得出话来……

精神病人和重症失眠患者，最后有情人终成眷属！？这不是杜撰的故事，更不是科幻事件。

# 乱点鸳鸯谱?

晚上十点钟，高娟娟苦着一张脸坐在候诊室……

她为失眠所苦，来急诊挂号想要打针睡觉，偏偏刚挂完号，连续两辆救护车飙进来，从担架上抬过来的病人，一个全身是血，不断哀号；另一个完全没反应，不知生死。急诊室的医生和护士立刻处理这两个病人，没人来招呼她。

她又等了十分钟，只觉得全身像要爆炸似的，极度难受……

"我睡不着，可是都没人来关心我！"正当她自怜自哀时，突然，诊室里面一个天使般的男性声音传出来……"高娟娟女士——"她赶紧走进去，只见一位相貌堂堂的男医生坐在里面，对她微笑点头，说："来，坐，哪里不舒服？"

虽然来急诊室很多次，却从没看过这位医生。高娟娟心想：应该是新来的医生吧？不过，只要能帮她打针让她睡着，不管是什么医生都好。

"医生，我睡不着，好难受，我已经整整两年没睡觉了！可不可以赶快帮我打针？"高娟娟一脸倦意，一坐下来马上跟医生说她的痛苦。

"啊？两年！？"男医生缓缓地说道，"得的……是这种怪病啊！"

高娟娟一听，立刻紧张地问："为什么说是怪病？这不就是失眠而已吗？"

即使坐在诊室里，仍能清楚地听到其他医护人员在隔壁急救室里面喊着插管还是输血什么的，似乎刚刚那两辆救护车送来的病人状况很不好，这更增加了她的不安感。

男医生平静地说："根据最新的医学期刊报道，普通人不可能超过72小时完全不睡觉……"

高娟娟立刻反驳："可是，我整整两年都没睡过觉！别人都说我睡着了，但我明明就很清醒；别人说话我也都听得到，我真的没有睡着！"说着说着，都快哭出来了。

"嗯……"男医生突然表情一变，眼发异光，俯身向前，低声说道，"最近有一个报道指出，许多人被外星人在脑中植入了芯片，结果一个个都失眠了……"只见高娟娟吓得双眼圆睁、小嘴微张，男医生继续说："我怀疑你可能也被植入芯片，所以我……"

高娟娟突然大叫一声："怎么可能！？我又没动过手术！"

男医生抽身回到座位上，看了她一眼，平静地继续说道："外星人的手法既先进，又干净利落，植入芯片于无形，你是感觉不到的。"

高娟娟感到一阵惶恐，叫道："不可能的！你怎么可以这样乱讲，故意吓我！？"

男医生回答："这已经有论文证实了，美国太空总署宣扬了好几次，你是从来不看新闻报道的吗？我只是想帮你厘清是否也被植入芯片，你不信就算了。"

高娟娟相当害怕，颤抖地说："那……那……那是要做CT来检查吗？"

男医生微笑道："不需要，我很有经验，我直接帮你看看。"说罢，他站起来走到高娟娟身边，伸出双手抓着她的头，在她头发里翻找。高娟娟吓得六神无主，不知道该睁眼看他，还是闭眼任他在头发里翻找。

男医生转到她正面，正要看她的额头时，她突然看到男医生左手腕上戴了一个绿色手圈……

"医生，你怎么戴着病人的手圈啊？"高娟娟纳闷地问。

男医生看了自己的左手腕一眼，说："哦，医生也会生病呀！我也是睡不着，所以挂号来拿药。"

这时，穿着隔离服的张医生刚处理完急救室的病人，在电脑上打完病历后，抬头看屏幕显示，后面还有3个病人在等待，便走进诊室，准备看新病人。

尚未进门，就看到男医生和高娟娟相偎相依，便开口问："庄孝维，你认识她啊？"

原本以为庄孝维是因为认识高娟娟才过来跟她说话，但再靠近一步，张医生突然大叫："你怎么穿我的白大褂！？你在干吗？"

"哎哟，我看你们都在忙，便先过来陪她聊聊天嘛！"庄孝维一边微笑回答，一边脱下白大褂还给张医生。

　　张医生知道庄孝维是精神分裂症病人，病情控制得还算不错，只是偶尔会来急诊室打针睡觉。刚刚一小时前他来挂号，才帮他打了一针，却还没睡着，当时因为有其他病人，又还不到十点，便没继续帮他处理，没想到他竟然趁所有医护人员都在急救其他病人时，假装医生来看诊！

　　张医生怒道："你又不是医生，怎么可以偷穿我的衣服来看病？这是违法的，你知不知道！？"

　　高娟娟一听，大叫："啊？他不是医生？那他刚刚还说我被外星人植入芯片！"她愤怒地站起来，准备要打庄孝维。

　　张医生一愣，差点笑出声来……瞪了庄孝维一眼。

　　庄孝维说道："我只是想帮你转移注意力呀！我们都是长期失眠的人，找个话题聊聊，比较不会苦闷嘛！"

　　高娟娟气得大骂："谁要跟你聊天啊？你神经病呀！乱讲话，害我刚才吓得要死，我要告你！"说完转过身来，用右手食指指着张医生，继续说道，"还有，你们医院管理这么差，竟然叫一个神经病来帮我看病，我也要告你们！"

　　张医生一听，非常不高兴地说："我们刚刚都在急救室里面忙呀！谁知道你这时候又来挂号凑热闹？"

　　庄孝维却同时对高娟娟喊着："你才是神经病！一天到晚睡不着，跑来急诊室打针。我来陪你聊天，你还不知感恩，竟然乱骂人！"然后用右手把左手腕上的绿色手圈扯掉，叫道，"我不看了！"便匆匆走出急诊室。

"庄孝维，你别跑，我要先给你签《自动出院同意书》。"张医生大声叫着，但庄孝维头也不回地离开。门口的警卫不知情况，没有拦住他。

高娟娟怒道："现在怎么办啊？我还是睡不着啊！又遇到神经病，真是倒霉！"

张医生穿上白大褂，坐下来，心平气和地说："好啦，你别生气，我先帮你打针，让你睡一下。"心中却想着：在人力不够的情况下，当医护人员突然都很忙的时候，护士站的管理确实是会出状况的。

上礼拜的某一天早上，放在护士站的一部用于转诊通报的手机就被病人偷走了，医护人员完全不知情（因为当天没有要转诊的病例，所以都没用到那部手机，也便没发现）。直到下午，警察抓到一个小偷，看到小偷身上的手机印着"欢乐大医院"五个字，立刻通知院方，大家才知道转诊手机不见了。

为此，高层大发雷霆，护士站的东西被偷了，竟然要等到警方通知了才知道，因此急诊室主任和护士长都被记一次警告，以示惩处。不料才过一个礼拜，又发生这种"精神病人假冒医生来看诊"的乌龙事件，如果高娟娟真的一状告上去，大家就真的吃不了兜着走了。（至于病房里偶尔有小偷偷病人的钱，或者拿走护士站的东西，更是层出不穷。医疗单位的人力

吃紧，常常一忙起来就会出现治安的漏洞，给"有心人士"可乘之机。）

　　打完针，高娟娟睡了三个多小时，终于在半夜心甘情愿地离开了。张医生请护理人员通报安全事件，脑中想着"外星人在脑中植入芯片"的这个说法，一方面觉得好笑，一方面也庆幸高娟娟后来连续几个月都没再来急诊室打针，也没投诉医院这起"病人安全"事件。

　　半年后，有一天张医生走在路上，看到庄孝维和高娟娟手牵手在逛街，张医生愣了一秒钟！他们二人也看到了张医生而走上前来，张医生指着他们俩，嗫嚅着说："你们……"惊讶到说不出话来！

庄孝维眉开眼笑地说："我们下个月要结婚了！"

"啊！？哦……恭喜恭喜呀！"张医生还没回过神来，结结巴巴地说，"可是……"

高娟娟接口道："你们那些精神科医生都很没用，开给我的药怎么吃都睡不着！可是他呀……"转头甜蜜地看着庄孝维，"他有好多天马行空的想法，每天都逗得我好开心，我这两个月的安眠药量已经减半了呢！"

庄孝维解释说，在上次的事件后，他带了花去跟高娟娟道歉。两人在聊天过程中，觉得彼此越来越投缘，竟然促成了这桩喜事。

在张医生半喜半愣中，这一对准新人洋溢着幸福笑容，继续手牵手逛街去了……

社会的可爱，就在于它的多样性。"金钱"和"名声"，在每个人心中的那一把尺里，比例是不一样的。

# 笑"贫"不笑"娼"

"杜医生，第22床的病人想出院；她说她需要一份诊断书，给保险公司报销用的。"

杜医生正在护士站写另外一位病人的病历。他知道第22床那位病人，似乎是在特殊行业工作，每次晚上一喝了酒，就会情绪激动、大吵大闹，被不同的男性朋友送来急诊室；在急诊室里往往会哭个不停、又踢又叫，总是要打了镇静剂才能睡着。醒来之后，有时候会自己拔掉点滴，偷偷跑掉；但大多时候，是可以配合护士的"离院前的卫生教育"，然后带着两颗镇静剂和维生素B群回家[1]。

"她要诊断书！？她什么时候有保险了？"杜医生有点纳闷，这病人从来没有要开诊断书啊！

[1] 对于酗酒的病人，为了避免其大脑和肝脏继续受到伤害，有些急诊科医生会主动帮病人补充维生素B群当作保护，但这不是教科书上的明文规定。

护士是相当资深的小莉，回答说："我也问她，她说是上个月投保的；她要求诊断书上不可以写'忧郁症'，也不能写'酒精中毒'！而且在医院就诊时间要写6小时以上，所以我想把她结在5:25。"

"靠！"杜医生忍不住在心中咒骂一下，这个病人平常就很烦了，两三天就会来急诊室一次，现在有了保险，以后就会要求躺到6小时以上，而且不能写"忧郁症"，也不能写"酒精中毒"，就表示还要帮她编写其他理由！

杜医生平常的个性还不错，虽然话不多，看似严肃，但只要病人有需要，他是会让病人休息到超过6小时，然后开诊断书，让病人得以申请保险金。对他而言，这只是举手之劳，只要病人不啰唆，急诊室没有拥塞，这倒没有什么难的。但第22床这位女子，明明是喝了酒导致情绪失控，挂号时又用"忧郁症"的重大伤病卡而得到挂号费减免，现在要诊断书，竟然这两项都不能写！？

"你跟她说，"他决定了，用低沉的语气说，"我不能造假得太过分，看她是要写'神经病躁郁症'，还是要写'不要脸综合征'？只能二选一！"杜医生故意这么说，看看病人会不会知难而退。

小莉一脸愕然，失声笑道："杜医生，你是开玩笑的吧？"但看杜医生埋头继续写病历，不予回应，只好提心吊胆地走过去传话。

不一会儿，诊断书上出现了大大的六个字"不要脸综合征"，后面还写着："病人因此疾病于2010年5月17日23时18分至本院急诊就医，于同年5月18日5时25分离院，建议门诊追踪治疗。"

病人领了正式的诊断书，还过来跟杜医生道谢。

杜医生不免有点儿心虚，小心翼翼地问："你确定这样的诊断书，保险公司真的会赔付吗？"

那女子嫣然一笑说："这样的诊断名称很新颖，保险公司绝对没有法规可循而拒绝该给我的赔付；更何况，只要能申请到钱，说出我的本行，又有什么关系！？"折好已盖上大印章的诊断书，她接着说，"可是呀，如果你写忧郁症或是酒精过量，他们就会取消我的保险资格！"语罢，她轻拨额际发丝，眨了一下左眼，翩然离去，留下淡淡的香水味。

医生除了要跟医疗健保体系周旋之外，还要应付大众的商业保险……

# 都是保险惹的祸

"医生呀，我跟你说……"陈医生一边帮一位58岁的病人缝合右脚上的4厘米撕裂伤，一边听病人诉说，"你可以缝密一点吗？多缝几针没关系。"

"伤口的缝合有一定的条件。对于你这脚上的伤口，通常我们就是0.6厘米~1厘米缝一针，太密的话，血液循环会变差，愈合反而慢。"陈医生跟病人说明。

"可是我怕伤口会裂开。"

"缝完伤口前三天，你当然还是要好好休息，不要做剧烈运动，避免拉扯……"陈医生还没说完伤口需要注意的事项，病人便插嘴说："我知道啦！可是我有保险，每一针有5000元可以领！"

陈医生抬头看了病人一眼，惊讶地说："啊！现在还有这种保险！？"他记得好像近二十年来没听过这种"理赔金按照针数来付"的保险了。

病人笑着回答："我是一九八几年投保的，所以还有。"

陈医生听完摇摇头说："我还是得按照规矩帮你处理，你的身体复原要紧，还是领钱要紧？"病人见陈医生这么强硬，只好悻悻然躺着。

等伤口缝合结束，陈医生跟他说："这原本只要缝5针的，我帮你把间距缩小一点，所以缝了6针，希望对你能有一点儿帮助。"

病人一听，可以多领5000元，虽然没有达到他原先预期的"5000×10＝50000"，但还是接受了。

处理完这位外伤病人后，陈医生走到内科区。刚刚内科病人多，他去帮忙看两位病人，其中一个是过敏的，打了针，状

医生，帮我
多缝几针……

况比较好，已经回家了；但另一个肠胃炎并发烧的年轻女性，则留下来打点滴补充水分。算算时间，一个多小时了，应该有明显改善，所以他去查看病人的情况，顺便跟病人说明抽血的报告结果。

陈医生走进病房，看病人正在玩手机，画面上是一种打砖块的游戏，病人脸上不时地还露出笑容……

他走上前问："张小姐你好，有没有好一点儿？"

张小姐立刻放下手机，收敛笑容，皱着眉头说："是好一点点，但肚子还是很不舒服。"

"别担心，抽血报告都正常，只是肠胃炎，可能有点儿脱水，我们再观察一下吧！"陈医生说。

此时救护车送来一个初中生，主诉是一小时前在学校吊单杠摔下来了，现在右前臂疼痛。陈医生诊察完之后，开了一份拍X光片的检查单，看到右手桡骨中段有裂开，但没有分离，属于线性骨折。

陈医生跟随同的李老师说："这是线性骨折，等一下打石膏后，吊个肩带就好了。"

李老师腼腆地说："医生，不好意思，刚刚我跟学生家长联系，他们问可不可以让他住院？"

"这不用开刀，不需要住院！休息一阵子就可以了。"

这个时候，坐在一旁，右手吊着肩带，一脸惊恐的初中生说："可是妈妈说，没有住院就不能领保险金呀！"

陈医生走到他面前，蹲了下来，看着他的双眼说道："弟弟，如果你住院的话，就不能去上学了。你们不是快期末考了吗？你要为了那两三千块钱而放弃学业吗？"

"妈妈说，我住一天院可以领5000块，她叫我住一个礼拜呢！"

陈医生哑然失笑，虽然知道现在许多保险是有"日领金"，但公然为了多领钱而希望小孩住院的家长，毕竟还是少数。当然，在急诊室多年，是真的遇到过不少因为有保险而要求让发烧小孩住院的家长，但从不会这么明目张胆地说出来。

看到初中生如此童言无忌，李老师也感到一丝羞赧，赶紧恳求地说："要不然，我们先在这儿观察一下，等家长来了再说好吗？"

陈医生回答："当然要观察，因为我还要等石膏干了；而且，监护人没有到，我也不能就这样让你把病人带回去。"

接着在处理了两个新的伤员之后，陈医生又去内科看张小姐，只见她还在神情愉悦地玩手机。

"张小姐你好，我看护理记录，你已经退烧了，应该舒服些了吧？"

张小姐立刻皱眉道："哦，我肚子还有点儿怪怪的，不是很舒服呀！"

陈医生再度触诊她的肚子，分明已经没有异常了，但病人竟然说还疼！他便说："那……我再帮你加个止痛针。"

张小姐连忙摇头说："不用不用，我想……我再休息一会儿应该就可以了。"

"你……"陈医生突然拉长语气说，"是不是需要躺6小时以上才能领保险金？"

张小姐脸一红，吞吞吐吐地说："对呀……医生……我……我可以躺6小时吗？因为我的保险有规定，如果没住院的话，在急诊要6小时以上，才可以领一天的保险金。"

陈医生脸色略垮，没好气地说："如果你需要6小时，你提早跟我说，否则你一直说还不舒服，我会认为是我没诊断正确，或是治疗得不够妥当。"

张小姐这才不好意思，抱歉地说："好啦，其实……是真的好多了，不好意思，谢谢医生。"

陈医生转身走开，心里庆幸想到还有"保险"这件事，才不会在诊断与治疗中一直打转。眼看内科病床还有不少空床，因此交代护士后续的观察，并将诊断书先开好，等时间到了再让病人离院。

回到外科，那位初中生的爸妈到了，一进来就叫着："小孩子骨头都断了，为什么不能住院啊？"

陈医生带着他们先看X光片，然后说道："这是线性骨折，只要打石膏固定即可，不需要开刀，病人也不需要卧床休息，所以不用住院呀！"

孩子妈妈说："啊，他会疼呀！"

"我刚刚有问过他，他说不用打止痛针；而且，通常这种

老魔王的急诊室

骨折，只要固定不动，其实不会很疼的。"陈医生进一步解释。

孩子爸妈见陈医生不为所动，孩子爸爸就说："那我们要复印X光片，我们到别家医院看好了。"

"对呀，遇到这种实习医生，真是有理说不清！"孩子妈妈帮着腔说。

护士怡真帮他们办了复印病历和X光片的手续，等他们结账离开后，笑着问陈医生："陈主任，他们说你是实习医生，你怎么都没生气呀？我在旁边听了差点儿都要笑出来了。"

陈主任脱下绿色的布制手术帽，露出地中海式的秃头，摸了摸鬓角的几根白头发，笑笑说："他们说我是实习医生，那表示他们觉得我看起来还年轻，有什么好生气的？"

怡真又说："上次刘医生为了不让病人躺6小时，还跟病人吵了好久，最后被投诉说态度不佳，没有医德，他气了好几天呢！"

陈主任叹了一口气，语重心长地说："唉，这都是保险的问题。医疗被医保绑架，又要照顾大众的商业保险，其实已经有点儿偏离教科书上的指示了。在这种制度下，如果不把自己的情商先练好，那每天都会被气死的！"陈主任转身打开桌上的一本书，同时笑着说，"反正保险金又不是我们出，只要不是太违背医疗常理，又可以顺便帮帮病人，那干吗和自己过不去呢？"说罢，轻笑一声，继续读他手上的那本《开心老人的养生之道》。

"未婚生子"不稀奇，但"无性生子"就真是神奇了！医疗界偶尔有奇迹，但如果你相信太多神奇，你就输了。

# 医疗界的"圣母玛利亚"

"24岁女性，下腹痛两天了，有阴道出血，没有呕吐，没有腹泻，从邻近友院转来的，说是月经痛。他们处理过了，但病人还是严重腹痛，所以转来我们医院。"

第一年的住院医生庄桢德拿着病历，毕恭毕敬地向主治医生刘禅报告一位新来病人的状况。

刘医生皱着眉头说："有验EIA[1]吗？"

庄医生愣了一下说："友院那边说有会诊过妇产科，没提到有怀孕啊！"

"年轻女性，千万记得都例行性地要验，尤其这种有下体出血的。"刘医生特别叮嘱。

过了一会儿，EIA报告出来了，结果是阳性。

庄医生喜滋滋地跟刘医生说："学长，真的是阳性呢！"

[1] EIA: Enzyme Immunoassay的缩写，意为酶素免疫测定法，是利用抗原抗体的特定键结的方式来检测检体；在妇产科方面，便是用来验孕。

"那我们去跟病人解释一下，并会诊妇产科。"

刘医生带着一名护士到病床前跟病人说明检验报告……

"我们帮你验孕，结果是阳性，表示你怀孕了！"

"啊？怎么会！？"病人惊呼。

一旁的妈妈也说："对啊，怎么可能？她连男朋友都没有呀！"

刘医生愣了一下，说道："嗯……检查报告也许会有一些误差。我们会诊妇科医生看一下好了。"

待妇科医生会诊完，只说子宫内有血块，却没有看到胚胎，要求检验血液中的 $\beta$–HCG[1]。

一小时后，报告出来了：$\beta$–HCG竟高达两万以上。

庄医生奇怪地说："学长，这样看来，病人不但怀孕了，而且已经好几周了呀！"

刘医生也觉得很纳闷："看样子，我们遇到圣母玛利亚了！"（圣母玛利亚未婚生子被视为宗教奇迹。）

刘医生心中竟有一丝丝兴奋——现实生

[1] $\beta$–HCG: Human Chorionic Gonadotropin 的缩写，意为人类绒毛膜激素。怀孕时，孕妇体内血液中所含有的此类激素会迅速上升，有时候可以从抽血数据中，猜出怀孕的周数。

活中真的有圣母玛利亚？

在妇科医生的建议下，将病人留在急诊室观察出血状况，预计6小时后再检验一次血红素以及血中的β–HCG。

不料，过了半小时，护士小莉来找刘医生，嗫嚅地说："刘医生，那个病人是我的初中同学。刚刚她趁她妈妈帮她买卫生用品的时候，跟我说她怀孕快七周了，五天前开始吃

RU-486[1]，所以这两天开始……嗯，你知道的……可是，她拜托请你不要在她妈妈面前说。"

"我就说嘛。"刘医生欣慰地长呼一口气，"还装什么圣女贞德！她一直不肯说明真相，害我们如坠入云雾中，觉得不可思议！"

"难怪妇科医生也没看到胚胎，原来是流掉了！"一旁的庄医生接着说，"学长，如果病人坚持不承认有性行为，我们怎么办？"

刘医生耸耸肩，说道："病人如果坚持否认，而我们又没看到胚胎，就只能先症状治疗，观察出血状况及监测血压变化；必要时，帮她打止血针和输血，没有别的方法。"

"那……接下来，我们要怎么跟病人和家属解释啊？"

"病人终究是要面对她父母的，但我们不必开第一炮。先打电话知会妇科医生，不用等6小时了，提前请妇科医生再看一次，看看是不是直接帮她做D&C（子宫刮除术），再由妇科医生来跟其家长谈。"

[1] RU-486：一般指米非司酮，口服堕胎药，因为该类药物有副作用，所以必须在正规妇产科医院的医生所开的处方下使用。

这场"圣母玛利亚风波"就这么解决了，刘医生吁了一口气说："医疗上偶尔有奇迹，但要说神迹，那真是见鬼了！"

说完，刘医生拿出挂在胸前的小小十字架，放在嘴上亲吻一下，口中念着"哈利路亚"，然后再小心地将十字架放回胸前，摇摇头，继续看下一个病人……

会发酒疯的酒鬼是很欠骂的，可惜，这时候你怎么骂他，他也听不懂……

# 新版垃圾车

"哇哩咧——"护士美月在接到广播系统的呼叫后，哀号了一声。她大声说："杜医生，等一下救护车又要送一个酒鬼过来！"

"什么？刚刚已经送来三个了，还有啊！？"杜医生感到头皮一阵发麻。"真不知今天是地球磁场有问题，还是刚刚发生了没被侦测出的超级大地震？怎么大白天的，有这么多酒瘾患者发作？"他才在心里嘀咕着，就听到救护车的警笛声逼近。在两名警察的戒护下，119救护人员抓了一个正在大声咆哮、四肢乱扭的少女进来。杜医生一看，脸色一沉："哎，又是她！"

杜医生知道这个少女是同性恋，不被家人接受，两年下来一直跟家人闹得很不愉快，从此便在外面游荡，很少回家，喝酒吸毒样样来；才18岁，就变成精神病人，常常发酒疯，或是吸食安非他命之后，由她的女朋友打120送医院来"解毒"。家人现在都已经不太理她了，只有一个堂哥偶尔会来医院帮她办出院手续。

杜医生知道她还好处理，通常1～2支镇静剂就可以解决。

但是，他还是忍不住跟救护车抱怨："你们今天是怎么了，一小时内就送了四个这种病人给我啊？"

刚刚在四十分钟内，他才接了两个酒鬼。其中一个是家属不再理会的游民，喝醉了倒在路边，被好心的路人报警处理，警察便把他送到医院来"观察"；另一个是急诊室的常客，也是喝了酒之后发酒疯，拿菜刀要砍邻居，于是被警察铐了手铐送过来的。这两个酒鬼，每每在急诊室躺6～8小时后就会醒来，然后自己拔掉点滴，悄悄溜走，已经不知道欠医院多少钱了！家属后来连理都不想理。听说之前家属还会来把他们带回家，但其实他们一点都不想回家！

第三个则是单纯的精神病人。跟家人吵架后，扬言要开液化气自杀，也是被铐了手铐送来医院的。刚刚才问完病史，知道是前一阵子借高利贷被逼债，最近又有官司缠身，所以情绪不稳，又不肯吃药控制，才会整个发作出来。

杜医生和几个护士才刚搞定前面这三个病人，其中第二个酒鬼和那个精神病人，是用约束带五花大绑后，警察才敢松了手铐；在绑约束带的时候，美月还不小心被发酒疯的那个家伙抓伤了手臂，心里还一直不高兴呢，以为终于可以安静一下了，没想到现在又送来了一个！按照分配原则，至少也该拨个1～2位给别家医院去处理吧？

"我们也不想啊！我们也很辛苦的，要去她家跟她缠斗，也是有风险的好不好！"救护人员也很无奈。

一旁的警察看到有医护人员接手，并将这第四位酒鬼少女

绑上约束带后，悄悄地松了少女的手铐，然后不发一语，悄然离去。杜医生当然知道救护人员的辛苦，可是，一小时内接了四个大吵大闹的病人，再好的情商也会崩溃。于是他阴沉沉地跟救护人员说："我看你们救护车上的警笛声，干脆改成《少女的祈祷》或《献给爱丽丝》好了，应该会比较贴切！"救护人员一时之间没听懂，拿出救护记录单请护士签名。

美月一边签名，一边笑说："那他们岂不成了垃圾车[1]？"

"你不觉得已经越来越像了吗？"杜医生没好气地说。

抱怨归抱怨，还得乖乖地处理这几个病人。因为根据目前的法规，酒醉倒在路边的，或者喝酒闹事的，都是先送到医院处理，除非病人有违法事件，且经医院确定无身体伤害，才会由警方依"现行犯"逮捕，带离医院。所以在急诊室，不时地会有这种被铐了手铐送来的病人，大声咆哮、挥拳伤人，弄得警察、消防人员和医护人员全都人仰马翻。

打了针，写好了病历，第一个发酒疯的

---

[1] 台湾地区的垃圾车在工作时，常播放巴达尔杰斯卡的《少女的祈祷》和贝多芬的《献给爱丽丝》。

老魔王的急诊室

192

病人醒过来了，挣不开四肢和胸前的约束带，气得大吼："你们凭什么把我绑起来？我要告你们！"

挣扎了几下，发现真的无法起身，他又大喊："救命啊！我要尿尿啦！"只见美月又抽了两支镇静剂，似笑非笑地走向他，心想：再发酒疯啊！你刚才抓伤我，这次一定要让你胀尿胀到膀胱爆炸………

# 尾声

　　医生也是人，会有脾气，也会有悲欢离合的感情；当然，也会生病或受伤……

# 当医生变成伤员

为了参加当年一起在医院受训的同学们的同学会，我特地回台北买礼物。

骑着摩托车逛了几家店后，回程时，穿过隧道口的地下道，觉得弯弯的地下道很窄，我应该要减速。然而，不知道哪一根筋不对，我竟然很顺手地推了一下油门，结果，下一秒钟，"砰"的一声，摩托车撞上地下道的墙壁，我整个人往前摔了出去！

当时我疼到站不起来，一直不自主地"啊——啊——"惨叫。我半躺在地上，试着先拉起摩托车，双手却因为胸口太疼而无法使力。过了一会儿，两个随后经过的摩托车骑士见状，停下来问我要不要叫救护车。

我心想：这应该只是胸口挫伤而已……便婉拒了他们的好意。但请他们帮我把摩托车扶起来，我才缓缓站起来，重新发动摩托车上路。

我缩着胸口慢慢骑，刚出发就发现不对劲——左肩非常

尾
声

195

疼，左手无法平举，而且摩托车龙头有点卡卡的，因此只敢以时速20千米的速度缓缓前进。

趁着等红绿灯的空档，我右手摸左肩："天啊！我的锁骨断了！？"我已经摸出骨头错位了！

我不敢再骑下去，生怕会再摔跤。于是，我一边把摩托车骑到路旁的停车处，支好脚架，一边考虑是去以前受训的医院开刀，还是回老东家医院开刀？（因为都有熟人，都还算方便。）

此时的我，依旧时不时地会忍不住痛苦呻吟，而且，还会不自主地全身颤抖。我心知这应该是生理上的恐慌反射，便试着让自己定下心来，也赶紧拿出手机给我的二姐打电话（因为她离这儿最近），告诉她我出车祸了——左锁骨骨折！二姐非常震惊，直接问我所处位置，便和姐夫开车来接我。

等心情稳定一点时，我暗忖了几个条件后，决定还是回老东家医院开刀。

在前往医院的路上，我打电话给同事，跟他们说明车祸事件，请他们先帮我做术前准备，并告知空腹时间。

"会不会很疼？"二姐在车上频频回头问我，一副就要哭出来的样子……

"你怎么都没有'唉'啊？"

这时候我心情已经平复，所以只是斜靠在右侧的车门旁，缓缓地说道："骨头断了就准备开刀呀！干吗要哭？呜呜地叫也不会不疼！"我忍住疼痛，苦笑着安慰二姐。

来到医院，补了医保卡，同事也已经把病历打好了，还帮我安排拍CT，因为我跟他们说，我觉得左边第四、第五根肋骨断了。（自己摸得出来。）

CT的结果出来，果然，左锁骨错位性骨折以及左边第三到第六根肋骨骨折。幸好没有血胸和气胸，省了插一支胸管！

一切都搞定后，因为空腹时间足够，连夜就进手术室。

躺在手术台上，我吸着氧气，听着麻醉科主任跟麻醉护士说着要打的propofol[1]剂量。

"打propofol 200mg，这一针会有点疼哦！"麻醉护士提醒我。

推药时，我心里还在想：我要体验一下被麻倒前的那一刹那，会是什么感觉……没想到，我才说完"不会痛啊！凉凉的而已……"这几个字，就完全昏迷了。

◆ Day 2

在恢复室醒来，觉得口好干、喉咙好燥……

_____

[1] propofol：一种药效很快的麻醉引导用药。

尾声

197

一睁开眼，看到在恢复室的麻姐（麻醉护士），刚好是以前我们急诊室的护士，跟我很熟。

"你的麻品很好嘛，都不会乱动乱喊！"她突然对我说了这么一句。这……算是不幸中的称赞吗？[1]

转到普通病房之后，我睡得很不安稳，总是睡睡醒醒。我二姐感冒了，陪着我窝在一旁的小床上，不时还能听到她的咳嗽声，我心里真是过意不去。至于我姐夫，他非常厉害，随处一躺就可以呼呼大睡！但我相信这一夜的折腾，他俩都累坏了。所以早上一醒来，我就请他们回去，毕竟姐夫还要开会，二姐也要照顾小孩。

就在他们刚离开之后，我妈妈出现了，我三姐也赶来了……她们看我开完刀，除了疼以外，没有大碍，也就放心了！

讲到"疼"，我个人是不喜欢吃药的，所以连止痛药都尽量不吃，单纯就以冰敷的方式来舒缓，再吊着手臂休息。其实像这种受伤，恢复所需要的就是时间；在急性期，还是以冰敷和休息为主，药物为辅。我自己知道这个过程，所以倒也不着急，反正遇到了

老魔王的急诊室

[1] 在医院待久了，知道有些人的"酒品"不好，有些人的"麻品"不好。我以前会跟护士说："你们将来要嫁的老公，如果酒品不好的就不要嫁了，那表示他潜意识里的品性是很差的。"

就要去承受。

但接下来，我的同事可就伤脑筋了！因为我没办法上班，他们势必要重新调整班表。在私立医院的急诊人力通常都排得很紧，一个萝卜一个坑；一旦有人突然不能上班，其他人要立刻填补是有困难的。通常一调动，几乎是整个月的班表大翻盘。

### ◆ Day 3

这两天，陆陆续续有同事和朋友来看我，甚至连院长和执行官都送花来慰问，真让我受宠若惊，也很不敢当！不过，小镇医院就是有这股人情味，这可能也是一些大城市医学中心所感受不到的吧。而同事们看到平时"恶行恶状"的"老魔王"，竟然也有受伤而不敢大笑及大声讲话的一天，简直像挖到宝般地兴奋。所以每个来看我的人，都会故意很开心地讲笑话来逗我笑，因为我只要一大声说话、大笑，或是咳嗽、打喷嚏，伤口就会很疼！对他们而言，可以肆无忌惮地嘲笑"老魔王"而不会被回击，这是多么难得的机会啊，岂能错过？

我本来是不吃止痛药的，但这两天笑到伤口好疼，所以吃了半颗Tramadol[1]，没想

[1] Tramadol：是含一半普拿疼，一半类吗啡药的止痛药；其中类吗啡的成分，会造成有些病人头晕，甚至会有"蒙"的感觉。但有些病人很厉害，一天吃四颗都没事，这真的就是看个人的体质了！像我平常是不吃药的人，所以对这一类药的感受性会很强。

尾声

199

到副作用出现了——两小时后，感到头晕。不是那种天旋地转的晕，就是头重脚轻的不实在感，幸好走路还是稳的，但却有一种不踏实的虚浮感。

接着，来看我的同事知道我头晕，就问我："要不要拍个脑部CT，看看有没有内出血？"我说："不用啦，当时有戴安全帽，头又没撞到，应该只是药物的关系。"

通常我们受伤会看症状，来决定该做哪些检查和处理。我对自己的身体还算了解，也知道当时车祸的过程，所以并不惊慌，就等药效慢慢退去就可以了。

### ◆ Day 4

这两天没什么胃口，但老妈还是每天煮一些补品给我吃；受伤后身体的恢复很需要营养，所以我还是很努力地把妈妈的"爱心"都吃下去……结果吃得好撑！

今天把纱布和绷带拆开来看，伤口已经黑青一大片了！其中一条深黑色的瘀青线，可能是当时撞到后视镜的地方。幸好是在冬天，衣服穿得够厚，否则伤势一定更严重！

最近，左肩偶尔会突然一阵强烈剧痛，骨科同事认为是我还不习惯吊着肩带，所以常会不自主地左手上提，而造成肩膀剧痛。另外我发现，当我吊着手臂时，手可以慢慢抬高至70度左右；但如果拿开吊带、把手伸直，则完全无法抬起来！看来，恢复之路还有一大段。

一般这种伤，冰敷三天，接着再冷热敷交替到第七天，然后改热敷并开始做复健就可以了。但这回我决定要好好冰敷休息七天，再开始自己慢慢练习手臂运动及肩部活动，只要肩膀的旋转肌没断裂，相信几周后就可以自己锻炼好的，不用刻意再去复健科做复健。

　　身为医疗人员，自己受伤了，其实跟普通大众的治疗过程是一样的，并不需要什么特别的治疗；但我们唯一的优势，大概就是自己平时看多了，知道整个病程会是什么状况，所以不会惊慌失措或惶恐不安，而照顾的医护人员都是自己的同事，所以在态度上当然会更亲切一点。至于病程方面，反正一切按部就班地处理，最后就让时间来疗养复原啰！